Deux par deux

De la même auteure,
chez le même éditeur

Cauchemar d'une nuit de garde, 2021.

© 2023, Éditions Le Courrier du Livre,
une marque du groupe Guy Trédaniel.

ISBN : 978-2-7029-2658-1

www.editions-tredaniel.com
info@guytredaniel.fr
www.facebook.com/tredaniel.reflexion
@tredaniel_reflexion

Laure Cabanes

Deux
par
deux

ET SI LA RÉALITÉ DÉPASSAIT LA FICTION ?

 LE COURRIER DU LIVRE

19, rue Saint-Séverin
75005 Paris

Pour Tam
Pour Julie et pour Naomette
Et pour mon bébé amour Johanna

Ses longues années d'études avaient préparé Claire à un certain nombre de situations médicales auxquelles, une fois son titre de docteur en poche, elle avait tenté de faire face avec une assurance de plus en plus affirmée. Personne ne l'avait cependant formée au cas de figure inédit d'une prise d'otages à l'hôpital. C'est pourtant bien ce qui allait lui arriver.

1

Une journée pas comme les autres

Claire Tsubo est cardiologue à l'hôpital Cochin.

En quittant son domicile de bon matin, Claire pressent que ce mardi ne sera pas un jour ordinaire.

Si on lui avait alors demandé pourquoi, elle aurait marmonné, ne sachant pas que répondre : « Simple prémonition. »

Elle contourne les camions qui livrent les deux cafés qui se font face de l'autre côté de la rue et passe devant la supérette qui ouvre chaque jour à huit heures pétantes. L'égérie du lieu, une SDF roumaine, est à son poste. Elles se saluent d'un signe de tête chaleureux.

Rien à signaler jusque-là. Tous les repères qui meublent sa matinale sont à leur place.

C'est en sortant de la station Denfert-Rochereau qu'elle renifle quelque chose d'inhabituel.

En calculant bien son coup, c'est-à-dire en démarrant au bon moment, elle franchit toujours d'une traite et sans s'arrêter les six feux décalés de la place. Jamais un loupé. Sans avoir compris ni pourquoi ni comment, elle s'emmêle aujourd'hui les pédales et doit ronger son frein en piétinant jusqu'à ce que les voyants pour piétons passent au vert. *Le Lion de Belfort* la toise avec mépris du haut de son piédestal.

Et ce n'est pas tout ! Quelle mouche l'a donc piquée pour qu'elle choisisse ce vieux tailleur impeccable de n'avoir jamais été porté et devenu malheureusement beaucoup trop petit pour elle. Elle n'a pas pu se résoudre à le jeter quand elle s'est lancée ce week-end dans un grand nettoyage de printemps, laissé d'ailleurs inachevé.

D'un naturel superstitieux, Claire se demande ce que lui réserve encore cette journée qui démarre si mal. Elle se lance souvent de petits défis dans le genre, quand elle est au volant de sa voiture : « Si je démarre au feu en pole position, ma fille aura une bonne mention au bac », et elle part alors en trombe, quitte à faucher un ou deux piétons. Ou bien, quand elle est debout sur le quai du métro dont elle guette l'arrivée : « Si je parviens à ne pas cligner des yeux jusqu'à l'arrivée de la rame, ma fille réussira son entretien d'embauche. » Et quand le métro déboule en station, elle monte dans le wagon en larmoyant d'avoir écarquillé les yeux si longtemps.

Elle n'a jamais osé avouer à ses filles à quels fils ténus a tenu leur réussite.

Si Claire avait su ce qui se tramait, elle aurait rebroussé chemin sans demander son reste ! Mais elle ne le sait pas encore et ne pourrait d'ailleurs pas l'imaginer.

Traînant des pieds, elle se remet en route entre les deux rangées de marronniers du boulevard Arago. Elle ne peut même pas se défouler en shootant dans les marrons qui, à l'automne, roulent sur le macadam. Ce n'est plus, ou ce n'est pas encore, leur saison. Les carrés de terre au pied des arbres ne sont pas désherbés. Jonchés de papiers gras et de cannettes, ils n'ont rien de bucolique et sont sales comme une barbe mal taillée ou une femme mal épilée, songe-t-elle de mauvais poil… Une brume épaisse masque au loin les tours du quartier Italie et, plus proches, les murs toujours aussi sinistres de la prison de la Santé pourtant fraîchement rénovée.

Loin de s'estomper, son vague à l'âme s'accentue quand, arrivée à l'hôpital, elle foule le sol du pavillon toujours souillé du café de la veille.

Les responsables : comme toujours, des médecins descendus se réconforter au Relay. Pressés, ils font gicler du gobelet quelques gouttes de leur expresso ou, plus probable, de leur café allongé qui, mettant plus de temps à refroidir pour être buvable, n'est en général pas consommé sur place.

Et puis ces couloirs, bureaux et box, qu'elle ne voit même plus d'habitude. La grisaille des murs fait monter d'un cran sa mauvaise humeur. Les couleurs sont en principe choisies par les cadres infirmiers qui ont pris conseil auprès de psychologues avisés. Ils ont travaillé la question. « Rien d'agressif » est la règle numéro un. On peut ensuite opter pour des couleurs froides, bleu ou vert pastel, censées refléter le côté bien carré et scientifique de la médecine sur laquelle on peut se reposer en toute confiance, ou pour des pastels plus chauds, rose ou jaune qui témoignent de l'empathie de l'ensemble du personnel soignant pour les malades. Mais ces considérations réfléchies n'ont jamais empêché les couleurs de virer en une teinte triste et partout uniforme.

Claire croise sur le palier du service de cardiologie la femme de ménage, une Guinéenne qui chaque matin réchauffe le cœur de tous avec son grand sourire. Cette dernière troquera tout à l'heure son uniforme, le pyjama blanc de l'Assistance publique, pour une robe africaine aux couleurs chatoyantes, qui enchante tout le personnel. Elle s'en ira de bonne heure, sa dure journée de travail commençant aux aurores.

Elle règne sur un énorme chariot qui lui permet d'avoir tout son matériel de nettoyage sous la main. À l'hôpital, on croise aussi les chariots des infirmières qui débordent de kits de prélèvement et de perfusion, de médicaments et de toutes sortes d'ampoules injectables.

Les médecins ne sont pas en reste, car ils ne se déplacent plus jamais de chambre en chambre, légers, à la rigueur lestés d'un stéthoscope, mais, depuis quelques années, accompagnés d'un ordinateur à roulettes bien encombrant.

Aux heures des repas, les chariots des infirmières et ceux des médecins vont télescoper ceux des aides-soignantes. Un aller pour servir et un retour pour desservir les repas des patients dans leurs chambres. Ces allées et venues rappellent les embouteillages qui se forment dans les couloirs étroits des longs courriers au moment des collations offertes aux passagers.

Un peu revigorée par la gentillesse de la femme de ménage, Claire se débarrasse de la veste de son tailleur qu'elle ne sait pas ni où ni comment suspendre et qu'elle n'ose quand même pas rouler en boule dans un coin comme elle le fait avec ses pulls ou sweats. Elle prend le temps qu'il faut pour ajuster sa jupe et pour en effacer les plis qu'elle juge inélégants. Tant qu'à faire, autant jouer le jeu jusqu'au bout. Un coup d'œil sur le miroir de son portable lui confirme le ridicule de sa tenue qu'il lui faudra bien assumer jusqu'au soir. La météo avait annoncé la veille le refroidissement des températures et le vent d'est qu'elle avait en effet désagréablement ressentis quelques minutes plus tôt en avançant sur le boulevard. Elle est échevelée, et ce ne serait pas grave si elle réussissait à mettre la main sur sa brosse. Encore un coup bas de sa progéniture. Ses quatre filles, qui rivalisent en longueur de cheveux, sont toujours en panne de brosse.

C'est peine perdue que de la chercher. «On» a dû la lui piquer sans prendre la peine de la remettre en place. Claire enfile sa blouse qu'elle boutonne jusqu'au cou pour cacher son image du jour. Ayant l'habitude des jeans et des T-shirts, elle se sent aujourd'hui misérable, oui, c'est le mot, misérable. Elle salue quelques secrétaires déjà à l'œuvre et se dirige d'un pas pressé vers la salle de réunion pour le débriefing de la nuit. Une demi-heure plus tard, stylo et stéthoscope en poche et très en retard, Claire se rue vers la salle d'attente en faisant claquer ses bottines sur le linoléum. Sa façon bien à elle d'affirmer son féminisme et son professionnalisme.

Liste en main, Claire est sur le point d'appeler le premier nom quand une poigne vigoureuse lui saisit l'épaule, la précipitant sans ménagement contre le mur de la salle d'attente, au milieu de tous ses patients hébétés.

À moitié sonnée, elle entend la porte claquer et découvre avec effroi qu'elle est prisonnière de terroristes masqués et lourdement armés.

Quelques instants plus tôt, elle avait jeté un œil sur la liste de ses patients et n'avait pas pu réprimer un large sourire : rien que des couples au programme du jour, et ce matin, pas n'importe lesquels ! Cette journée qui s'annonçait si mal ne serait sans doute pas aussi catastrophique qu'elle l'avait craint, et son moral était remonté en flèche.

Recevoir un couple fait gagner beaucoup de temps. Un médecin n'est pas un robot. Il commence toujours sa consultation par quelques mots de bienvenue, le plus souvent sincères, prend des nouvelles de la famille, des enfants. Il se souviendra d'une éventuelle réorientation professionnelle, d'un déménagement, de l'attente d'un heureux événement. Pour un couple, ces préliminaires comptent pour les deux. Une fois deux ne fait pas deux fois un.

Qui sont les patients qui viennent consulter en couple ? Ceux qui ont besoin d'être rassurés en temps réel ? Ceux qui pensent qu'il est plus facile de supporter à deux l'annonce d'une mauvaise nouvelle, qui se disent qu'à deux on a plus de chance de comprendre et de mémoriser tout ce que va dire le médecin ?

Et pourquoi les autres préfèrent-ils se déplacer seuls ? Pour les actifs, la question ne se pose pas. La consultation se case tant bien que mal dans la journée de travail, entre deux rendez-vous professionnels. Mais pour les retraités, est-ce pour minimiser l'importance qu'ils accordent à leur maladie et éventuellement sa gravité, pour ne pas inquiéter leur conjoint, par pudeur aussi ? Sans oublier les solos... Parce qu'on est resté seul dans la vie ou qu'on l'a toujours été pour mille raisons ?

2

Dans la salle d'attente

Un silence pesant règne dans la salle d'attente. Personne n'ose déglutir. Les patients ne respirent plus qu'à toutes petites goulées. S'il y avait eu des mouches, on aurait pu les entendre voler, mais il n'y a pas de mouches. En cherchant bien dans les coins, on aurait pu à la rigueur y dénicher quelques cafards, mais les cafards se cachent et ne font pas de bruit. D'ailleurs, la brigade anti-rampants, masquée et tout de vert vêtue, est passée par là le mois dernier sans faire de quartier.

Claire reprend avec peine ses esprits. Elle jette de furtifs coups d'œil sur ses ouailles. Elle a fait profil bas et a obtempéré sans opposer de résistance quand les hommes l'ont bousculée pour l'enfermer dans la salle d'attente. Face à ces brutes, elle n'a pas eu d'autre choix.

Toutes les chaises sont prises. Elle s'assoit par terre et s'adosse au mur. Encore abasourdie, elle craint en plus que la jupe de son tailleur, très juste au niveau des cuisses, ne cède aux coutures qui, elle le sent bien, sont soumises à une rude tension. Et comment s'asseoir par terre quand on n'a plus 20 ans et que la souplesse n'a jamais été son fort ? Elle se pose sur la fesse droite et ramène ses jambes sur le côté gauche. L'équilibre précaire est assuré par le bras droit, en équerre sur le plancher. Elle a peur d'inspecter ses jambes. Elle a hésité ce matin entre une paire de collants extra fins et une paire de collants opaques qui auraient été bien plus résistants. Et quand bien même seraient-ils filés, quelle importance ? Engoncée dans sa tenue, elle n'est plus à ce détail près !

Pourquoi diable ne s'est-elle pas changée en arrivant et n'a-t-elle pas enfilé un pyjama de bloc dans lequel elle aurait été beaucoup plus à son aise pour faire face à la situation du moment ?

Chahutée, elle n'a pas eu jusqu'à présent le temps de prendre toute la mesure de sa peur. C'est chose faite, elle la sent, la palpe presque, cette peur incontrôlable, qui la saisit et s'infiltre en elle par tous les pores de la peau. Elle comprend ses patients qui, voulant décrire leurs crises de tachycardie, lui expliquent que le cœur cherche désespérément à sortir de la cage thoracique. Le sien aussi s'affole malgré tous ses efforts pour le retenir, et, à sa grande honte, elle sent ses genoux échapper à tout contrôle et s'entrechoquer avec bruit. Elle les colle l'un à l'autre et croise les bras de part et d'autre pour ne plus les sentir trembler. Les patients sont assis, figés et muets. Pas un n'a pris le risque de lui faire un petit signe. Ils fixent des yeux le bout de leurs chaussures pour éviter de croiser le regard si menaçant des deux hommes cagoulés qui leur font face. Comme elle, ils n'en mènent pas large, les pauvres.

Claire scrute la salle. Les chaises sont alignées en deux rangées. En face, les ravisseurs, debout, encadrent la porte d'entrée. Il ne fait pas tout à fait sombre car, bien que baissés, les stores bleus des deux fenêtres ne filtrent pas complètement la lumière, ni trop chaud encore en ce début de matinée.

Elle aurait été en peine de fournir le signalement des agresseurs. Ils lui font si peur, l'effraient tellement qu'elle n'ose pas les fixer. Ils n'ont à première vue aucun signe distinctif, évidemment.

Vision de cauchemar !

Elle a bien senti la menace depuis le matin. Comment a-t-elle pu passer à côté ? Elle ferme les yeux, très fort, comme pour rembobiner le temps.

Un bruit de pas. L'un des hommes approche. Le sang de Claire ne fait qu'un tour. Adossée au mur, elle ne peut pas reculer. Elle se recroqueville pour se protéger. Main sur la bouche, elle retient un cri qui, de toute façon, ne pourrait pas sortir tant sa gorge est sèche et ses mâchoires crispées. Que lui veut-il ? Elle serre encore davantage ses genoux l'un contre l'autre et tente de se raisonner. Elle est la seule blouse blanche. On va lui demander de servir d'intermédiaire. Ce n'est pas de leur intérêt que de lui faire du mal, s'autoconvainc-t-elle.

Bizarrement, une deuxième crainte, pour le coup tout à fait déplacée, la saisit, celle du ridicule. Comment va-t-elle s'y prendre pour se relever ? Elle n'a rien à portée de main pour s'accrocher. Elle pourrait rouler, se retrouver à genoux et réussir à se mettre debout. Les coutures de sa jupe n'y survivraient pas. Pourquoi a-t-elle remis au mois suivant le régime auquel elle s'astreint chaque printemps ? C'est à cause de l'anniversaire de sa petite dernière qui tombe la semaine prochaine. Tout est bon pour surprendre ses filles. Elle a repéré dans une pâtisserie proche de la Chambre des députés des éclairs au chocolat, géants, de la taille d'une baguette de pain. Chacun se coupe, en fonction de son appétit ou de sa gourmandise, une portion plus ou moins grande de l'éclair. Elle a déjà passé commande. Pour rien au monde elle n'avait voulu se tenir à l'écart des réjouissances et de la perspective alléchante d'un dessert chocolaté hors du commun. Le régime décalé d'une semaine devait démarrer juste après la fête.

Claire se reproche de divaguer, comme si c'était le moment de saliver pour de la crème au chocolat.

Se perdre dans un futur réjouissant doit être une manière de s'évader d'un présent trop insoutenable.

Par chance, l'homme vient juste récupérer le portable de Claire pour le jeter sans précaution sur le tas des téléphones confisqués.

Momentanément soulagée, Claire reprend son souffle et reporte son attention sur les malades devenus, hélas, ses compagnons d'infortune. Que peut-elle faire pour eux, sans risquer de leur porter préjudice ?

Ils sont là pour elle et lui font confiance depuis des années, pour certains d'entre eux tout du moins. Elle se sent responsable de ce qui leur arrive aujourd'hui. Auraient-ils été là s'ils avaient été suivis par un autre cardiologue ? Il lui arrive, certes, de les engueuler. Plus d'une fois, elle a menacé d'expulser de sa consultation ceux qui ne prenaient pas au sérieux ses consignes. Elle n'hésite pas à hausser le ton, parfois même à se montrer brutale, surtout pour des questions d'addiction au tabac, mais son naturel la pousse à se décarcasser pour eux. Comptent-ils sur elle pour les sortir de cette mauvaise passe comme elle a pu les aider sur le plan médical ?

Elle les dévisage un à un. Comment vont-ils supporter ce stress ?

Certains ont pris, ce matin, un traitement diurétique et vont bientôt se sentir très gênés dans cette salle d'attente qui ne dispose pas de toilettes. Il lui faudra trouver une solution.

Ils n'ont de surcroît aucune raison d'avoir sur eux tous les médicaments de la journée. Les patients qui ne savent pas bien lire et qui ne sont pas assez sûrs d'eux pour déchiffrer les noms souvent complexes des médicaments apportent en consultation leurs boîtes de pilules, pêle-mêle, dans un sac plastique. Et c'est avec le médecin qu'ils font le tri pendant la consultation entre ce qui doit être poursuivi, arrêté ou changé. Aujourd'hui, elle en repère un. Mais, comble de malchance, il a une fille infirmière qui, tous les dimanches, remplit le pilulier de son père. Il n'a donc pas besoin de se déplacer en consultation avec son sac de médicaments que Claire aurait pu répartir entre les patients en fonction de leurs besoins.

La situation pourrait devenir problématique si la prise d'otages devait se prolonger, s'angoisse Claire. Sera-t-elle autorisée par ses geôliers à faire des allers-retours jusqu'à la pharmacie du service ? Se soucier de ses patients est un puissant dérivatif à sa peur. Ils ont l'air d'assurer, elle en est fière.

3

Cochin, hôpital de proximité
de la prison

Claire rumine. N'y verrait-elle pas déjà un peu plus clair ?

Elle est passée ce matin comme tous les jours à proximité de la prison de la Santé, fermée depuis cinq ans pour des travaux de rénovation. Une petite brume enveloppait les lieux. Elle s'était interrogée sur la date de sa réouverture, car l'hôpital Cochin est son hôpital de proximité.

Avec son assise trapézoïdale et ses murs en pierre meulière réputée dure et inaltérable, la prison en impose. On peut comprendre que les riverains contestent la présence de ce voisinage à la fois laid, triste et menaçant. La prison de la Santé fait néanmoins partie du paysage urbain de ce coin du 14ᵉ arrondissement de Paris depuis la fin du XIXᵉ siècle, et a fini par être, si ce n'est adoptée, tout du moins acceptée.

Qu'en voit-on ? Des murs qu'on peut longer sur le boulevard Arago, sinistres, sans ouverture et bardés de barbelés aux dents acérées. Une vue particulièrement lugubre en hiver quand les marronniers du boulevard se sont dénudés. À l'angle de la rue de la Santé et du boulevard Arago se dressait autrefois la guillotine. En fermant les yeux, point n'est besoin de faire beaucoup d'efforts pour l'imaginer et pour entendre son claquement sec. Les exécutions étaient publiques avant d'être déplacées dans le courant des années 1930 dans la cour intérieure de la prison. La base du trapèze donne sur la rue de la Santé. La porte principale y rompt la monotonie du bâtiment. On lui trouverait presque un air de famille avec les portes monumentales des temples assyriens. Sur le fronton comme sur celui de tous nos bâtiments publics, on y lit la devise de notre République française : « Liberté (un comble pour une prison), Égalité, Fraternité ».

La prison occupe un bon bout de la rue de la Santé entre les boulevards Arago et Saint-Jacques. La rue de la Santé n'est, de ce fait, pas très fréquentée. On ne s'y attarde pas. Les rares piétons y embrayent une marche nordique rapide. Ils rasent les immeubles du trottoir opposé en gardant la tête baissée. Un certain malaise y est palpable. Y croiser le regard d'un passant qui viendrait visiter un parent ? Gênant. La réciproque est également vraie. Passer pour un conjoint ou pour un parent de détenu n'est guère flatteur.

Y traîner peut s'avérer dangereux. Il ne se passe guère d'années sans que les médias ne rapportent une tentative d'évasion spectaculaire.

Selon la direction du vent, des cris et des invectives choqueront les âmes sensibles.

On passera sous silence le plaisir pervers de déambuler le long de la prison avec l'intention d'écouter ce qu'il se passe derrière les murs. La déclivité du boulevard Arago fait qu'en quittant la place Denfert en direction des Gobelins on domine sans le vouloir le quartier bas de la prison : quatre bâtiments rectangulaires disposés en croix autour de la rotonde, ou panoptique, point de départ des couloirs le long desquels s'alignent les cellules. De cet endroit stratégique, un seul surveillant garde sans se déplacer l'œil sur l'ensemble du secteur.

La prison comporte une infirmerie, avec des bureaux de consultation et des salles de soins. De jeunes médecins, chefs de clinique à l'hôpital, sont « réquisitionnés » à tour de rôle pour assurer des consultations spécialisées dans les diverses disciplines médicales : dermatologie, gastroentérologie, cardiologie... Quand ils l'estiment nécessaire, ils prescrivent des examens plus élaborés ou décident d'une hospitalisation, et c'est vers l'hôpital Cochin que sont dirigés ces malades hors du commun.

Les hôtes de la Santé ne passent pas inaperçus quand ils débarquent à l'hôpital. Ils vont effrayer les uns et piquer la curiosité des autres. La plupart du temps, les patients bien éduqués restent impassibles et ne lèvent pas le nez de leur téléphone portable à leur passage.

Les protocoles d'accompagnement varient beaucoup en fonction de la dangerosité supposée du détenu mais, plus encore, de celle de son entourage. Le détenu standard est menotté et encadré par deux ou trois policiers. Un dispositif d'une tout autre envergure est parfois mis en place lorsque le prisonnier est « un gros calibre ». Les examens seront réalisés à une heure de faible affluence entre treize heures et treize heures trente généralement, une fois les consultations du matin bouclées et avant la reprise de celles de l'après-midi.

Les rendez-vous ne sont jamais programmés à l'avance pour éviter que les détenus, prévenus de la date de leurs examens, n'en profitent pour fausser compagnie aux policiers, avec l'aide de complicités extérieures. On sait que les téléphones portables circulent comme des cigarettes dans l'enceinte de la prison. Des précédents, il y en a eu, tentatives d'évasion, tirs, mais, par chance, sans blessés. Le personnel de l'hôpital n'est averti de leur visite qu'au dernier moment. Une patrouille éclaireuse vient d'abord inspecter les lieux. Elle vérifie tout, que les malades convoqués patientent bien dans une salle d'attente située à distance de l'endroit où sera conduit le détenu, qu'il n'y a pas de brancard ni de fauteuil garés le long des murs du couloir d'accès, rien qui puisse bloquer l'accès ou entraver une retraite rapide. Elle fouille ensuite de fond en comble la salle dans laquelle va se dérouler l'examen et en bloque la fenêtre. Les salles et bureaux avoisinants sont passés au peigne fin et fermés à clé. La patrouille finit son tour en revenant sur ses pas pour sommer toute personne croisée de se mettre à l'abri. Le passage est libre. Menotté, chevilles entravées, le détenu escorté de policiers lourdement armés, parfois même cagoulés, fait enfin son entrée.

Claire n'a jamais croisé de détenus qui lui aient vraiment fait peur et ne s'était jamais sentie en danger.

Les détenus ont, pour la grande majorité d'entre eux, des silhouettes et des visages passe-partout. Les musclés et tatoués ne sont pas légion. C'est à l'importance de la haie d'honneur déployée à son endroit que l'on jauge la dangerosité d'un détenu, et c'est elle qui suscite peur ou excitation au sein du personnel soignant. Dans certaines affaires de terrorisme, les policiers cagoulés cernent le pavillon dans lequel est conduit le détenu avec leurs fusils d'assaut, prêts à contrer toute intervention extérieure.

On exige des médecins d'être sur place avant l'arrivée du menotté. Pas question de terminer un examen en cours ou de peaufiner un compte-rendu. Le détenu ne doit attendre sous aucun prétexte. C'est un avantage que n'ont pas les autres patients, VIP compris.

Les détenus ne sont jamais adressés avec l'étiquette de leur forfait collée au front. Parfois, cependant, leur patronyme connu de tous et le battage des médias font qu'il n'est pas possible de les soigner de façon anonyme, mais bel et bien au parfum de tout ce que la société leur reproche.

Tous les médecins, et Claire la première, s'adressent avec beaucoup plus d'égards aux détenus qu'aux patients standards, en y mettant les formes, pour leur demander de se dévêtir par exemple, ou de changer de position ou de gonfler leurs poumons. Par peur ? se demande Claire. Non, plutôt parce qu'on leur a seriné pendant toute la durée de leurs études que tous les patients devaient être pris en charge sans aucune discrimination, ce qui est la base du serment d'Hippocrate. Craignant de ne pas en faire assez avec ces malades qui sortent du lot, ils en font alors un peu trop. Ils s'efforcent d'être très concentrés pour aller vite, car on leur demande de ne pas traîner. Dès que l'examen est terminé, les policiers ajustent les menottes et préviennent leurs collègues stationnés en bas du pavillon afin de ne pas perdre une minute. Les moteurs vrombissent, ceux du fourgon pénitentiaire et ceux des motos accompagnatrices qui vont lui dégager la route. Le compte-rendu de l'examen sera transmis plus tard, car il est plus facile de se faire la belle à l'occasion d'un transfert que sous les verrous, au centre pénitentiaire. L'hôpital Cochin est tout proche de la prison. Les sens interdits font que, néanmoins, les prisonniers se voient proposer une petite balade motorisée dans le 14e arrondissement plus longue que ne le voudrait la proximité des deux bâtiments. Et comme le trajet du fourgon ne doit pas être prévisible, la balade n'est jamais deux fois la même.

L'atmosphère est beaucoup moins pesante avec les détenus standards. Les gardes discutent et plaisantent fréquemment avec eux.

Certains détenus vont chercher à se justifier.

« Docteur, je suis pas un méchant, vous pouvez me croire.

J'ai jamais violé personne et j'ai pas tué, je vous l'jure.

J'ai volé que chez des riches, et c'était pas de l'argent qu'ils avaient gagné proprement, si vous voulez tout savoir. »

D'autres ont des têtes sympathiques, et les médecins espèrent qu'ils n'ont rien fait de trop épouvantable et qu'ils seront vite libérés. D'autres sont mutiques, pour ne pas dire hostiles.

4

Tous prisonniers à l'hôpital

Claire peine à distinguer les têtes dans la pénombre. Elle jette de furtifs regards effrayés tantôt à droite, tantôt à gauche. Elle sait qui est là, car elle tient toujours la liste de ses patients du jour en main.

Tout d'un coup et comme dans un film accéléré, des instants de consultation partagés avec chacun des couples et restés à son insu très présents dans sa mémoire lui reviennent en flash.

La panique la saisit à nouveau : ne dit-on pas qu'on voit sa vie défiler en un instant avant de mourir ? Ne serait-ce pas ce qui est en train de lui arriver ?

5

« L'Étincelle »

Ils sont assis en demi-cercle sur deux rangées. En face d'eux, leurs ravisseurs.

Deux ou trois patients sont agrippés à l'assise de leur siège comme s'ils craignaient de tomber par terre. D'autres croisent les mains sur les cuisses. Leur crispation est telle que leurs jointures sont devenues toutes blanches. Les derniers se tiennent par la main ou enserrent l'épaule de leur conjoint.

Juste devant elle, impassible, se tient celui qu'elle surnomme « l'Étincelle ».

Il est seul, tout seul, personne ne l'accompagne jamais, et pourtant, c'est bien d'un couple qu'il s'agit...

C'est l'un de ses plus anciens patients, et ses vieux patients aiment bien plaisanter :

— Docteur, on est ensemble depuis plus de vingt ans. Telle avait été son entrée en matière à la dernière consultation.

Il n'avait que 40 ans quand elle l'avait reçu la première fois. Elle s'était dit à l'époque qu'il était très bel homme et qu'il devait plaire aux femmes. Sa tenue vestimentaire de hobereau autrichien, manteau style loden et veste ourlée de cuir, l'avait tellement enthousiasmée qu'elle lui avait demandé les coordonnées de son tailleur tout en sachant que c'était peine perdue car jamais son mari n'accepterait d'être paré de la sorte. Aisance financière certaine, profession juridique, une femme, deux fils, et pas encore grand-père. Jusque-là, rien que du bien banal. Surprise du peu d'intérêt qu'il portait à sa maladie cardiaque, elle s'était demandé s'il n'était pas un brin dépressif. Comme il venait consulter régulièrement, tous les six mois, ponctuel aux échéances prévues et qu'il lui disait prendre à la lettre son traitement, elle n'avait pas cherché à creuser plus loin. Son état s'était un jour aggravé. Sentant planer la menace d'une intervention cardiaque, il avait devancé les explications de Claire en lui annonçant de but en blanc, pour couper court à toute discussion, qu'il refuserait toute chirurgie : sa décision était sans appel.

Les années avaient passé, et son état cardiaque était resté stable. Avec le recul du temps, elle avait dû admettre qu'il avait eu raison et qu'il s'en était bien sorti sans intervention. Il avait eu le tact de ne jamais revenir sur le bien-fondé de sa prise de position.

Il devait approcher la soixantaine quand elle reçut un jour un courrier dans lequel il lui priait d'avancer son rendez-vous sans lui en donner la raison. Vaguement inquiète, elle en avait anticipé la date.

C'est un tout autre homme que celui qu'elle connaissait qui s'était présenté à elle. Allégé d'une dizaine de kilos, il n'avait plus ce pas pesant qui lui donnait cet air si las. Des flammèches illuminaient son regard.

Avant même que la porte du box ne soit refermée, il s'était penché vers elle pour lui demander d'une voix étranglée :

— Docteur, une émotion intense peut-elle tuer, plus exactement peut-elle tuer quelqu'un comme moi ?

Voici à peu près les mots dont elle s'était alors servie pour le rassurer :

— Une grande joie ne peut en aucun cas faire de mal. En revanche, un coup dur, comme l'annonce d'un décès, d'une maladie incurable, d'un cancer, oui, et parfois entraîner une crise cardiaque assez proche de l'infarctus du myocarde.

— Alors, quelles précautions faudrait-il que je prenne pour encaisser une forte émotion ?

— À votre regard, je doute fort qu'il puisse s'agir d'une mauvaise nouvelle. N'ayez donc aucune crainte, et profitez au maximum de ce qui vous met en joie.

— Au point où nous en sommes, Docteur, il faut que je vous raconte tout.

Elle l'avait fait venir en fin de consultation et n'était par conséquent pas du tout ennuyée du retard que cette confession allait entraîner. Piquée par la curiosité, elle s'était au contraire enfoncée dans son fauteuil pour l'écouter tout à son aise.

Il avait pris une bonne inspiration et, comme quelqu'un qui se jette à l'eau, il lui avait raconté toute son histoire.

— Voilà, Docteur, alors que je démarrais ma licence de droit à la Sorbonne, j'ai rencontré aux premiers travaux dirigés de l'année une étudiante, je devrais plutôt parler d'une déesse ou d'une apparition, et même mieux que ça. Annette avait tout, la beauté, l'insouciance, la gaieté, l'entrain. Elle m'a embarqué dans son tourbillon. Les études m'enthousiasmaient, ma petite amie me comblait, la vie se présentait sans un nuage. Stupide comme on peut l'être à 20 ans, je ne sais toujours pas ce qui m'a pris, mais j'ai voulu me fiancer, projet auquel nos deux familles auraient souscrit avec joie. Hélas, Annette ne voyait pas les choses de la même façon. Sans doute n'étais-je pas assez sûr de moi et voulais-je ainsi asseoir ma position.

Il lui avait expliqué que son Annette souhaitait profiter de sa jeunesse. Elle avait tenté de lui faire comprendre qu'elle était beaucoup trop jeune pour se fixer. Elle le ferait un jour, sans doute, et probablement avec lui, mais il lui était encore impossible de le lui promettre. Le jour venu, ce serait alors en toute connaissance de cause et sûre son choix.

Anéanti par les propos meurtriers d'Annette, fou de rage et de douleur, il avait préféré couper court à leur relation. Il s'était alors réfugié dans ses études et s'était cloîtré entre la Sorbonne et la bibliothèque du Panthéon. En âge de s'établir, il avait fait ce que l'on appelle un mariage de raison. Et vu de l'extérieur, tout laissait croire qu'il avait totalement réussi, tant sur le plan professionnel que personnel. Il avait été juriste et avait travaillé avec sérieux, mais sans passion aucune. Son épouse, femme d'intérieur accomplie, avait élevé à la perfection leurs deux fils et s'occupait maintenant avec autant d'intérêt et d'attention de leurs petits-enfants. Il n'avait vraiment rien à lui reprocher. Elle avait été professeur de français et de langues anciennes et, depuis qu'elle était à la retraite, elle secondait un couple d'amis dans leur librairie du Quartier latin. Appartement haussmannien dans le 17e arrondissement, maison de campagne en Sologne, vacances d'été à La Baule, abonnement à l'opéra, il vivait dans un décor enviable et qui pouvait faire illusion, mais il ne s'était jamais joué la comédie. Pas à lui-même! Rien ne manquait à son bonheur sauf, hélas, l'essentiel, l'étincelle, l'amour, autrement dit, Annette. Les années avaient passé, avec lenteur, bercées par le souvenir de son amour de jeunesse qui ne s'était jamais effacé. Il avait été fidèle à son épouse, non pas par principe moral ou religieux, mais parce qu'il n'avait jamais été tenté par qui que ce soit.

— Le mois dernier, Docteur, lui dit-il d'une voix tremblante, Annette m'a contacté! Il s'interrompit alors quelques secondes afin qu'elle puisse saisir toute la portée de ce qu'il lui annonçait. Je n'avais pas entendu le son de sa voix depuis près de quarante ans.

Il s'arrêta une deuxième fois.

— Mais quand elle a dit: « Allô, Pierre? », j'ai tout de suite su que c'était elle et j'ai cru défaillir. Par chance, ma femme était sortie.

Annette lui avait raconté qu'elle était partie à Montpellier, peu après leur rupture. Elle y avait fini ses études et y avait rencontré celui qui allait devenir son mari. Ils s'étaient établis à Saint-Denis de La Réunion, elle comme avocate et lui comme magistrat. Son mari était mort d'un tragique accident de voiture sur l'île deux ans auparavant. Elle avait tout liquidé et était revenue en métropole où étaient installés trois de ses quatre enfants.

— On a rendez-vous la semaine prochaine. On doit se retrouver chez un Italien, car je me souviens qu'Annette raffolait de pâtes et que nous nous cuisinions souvent des spaghettis au parmesan et à l'huile d'olive, avec quelques feuilles du basilic qu'Annette faisait pousser sur son balcon.

Émue par son histoire et par la confiance qu'il lui accordait, Claire l'avait rassuré pour la deuxième fois. Son cœur tiendrait le coup, elle s'en portait garante.

Au gré des consultations suivantes, elle était devenue, un peu à son insu, sa confidente. Elle avait appris qu'il vivait une relation adultérine passionnée, rendue d'autant plus facile que sa femme, qui ne chômait pas entre le temps qu'elle passait à librairie et les longs moments qu'elle consacrait à ses petits-enfants, se sentait coupable de délaisser son mari retraité. Elle l'envoyait le plus souvent possible dans leur maison de Sologne pour qu'il y prenne soin du potager.

Annette le rejoignait en prenant des précautions d'adolescente effarouchée. L'un et l'autre tenaient à garder cette liaison tout à fait secrète. Lui ne voulait surtout pas humilier son épouse, ne nourrissant aucun grief à son égard. De son côté, Annette, devenue au fil des ans une respectable grand-mère, craignait d'être la risée de sa nombreuse famille si ses amours clandestines venaient à être étalées aux yeux de tous.

Cette fougueuse passion laissée en jachère il y a près d'un demi-siècle avait repris ses droits. Elle lui apportait tout ce qu'il avait espéré de la vie, tout ce qu'il n'avait pas pu nouer avec son épouse et tout ce qu'il n'aurait certainement pas obtenu d'Annette à l'âge de 20 ans si elle avait accepté sa proposition. Trop possessif, il se serait montré jaloux, il l'aurait étouffée, et Annette se serait étiolée, ou très vite envolée.

Annette avait maintenant tout juste 60 ans, un sein en moins, quatre enfants et six petits-enfants, mais c'était toujours la même, celle qu'il avait quittée, jeune homme, la mort dans l'âme.

— Et je ne comprends pas ce qu'elle peut bien me trouver encore, décati comme je suis, même si je fais de gros efforts pour me maintenir.

Lui qui, avant le retour d'Annette, avait l'habitude de présenter son ordonnance au pharmacien sans même y jeter un œil, demandait maintenant à Claire des explications à n'en plus finir. Il la suppliait de multiplier d'inutiles analyses sanguines, et elle avait un mal fou à le raisonner et à le rassurer.

— Comprenez-moi, je veux vivre maintenant, rester en forme et rattraper le temps perdu. Annette a besoin de moi. J'ai promis de ne jamais l'abandonner.

Un beau jour, il était revenu à sa consultation semestrielle, empâté, le pas lourd et surtout, ce qui l'avait immédiatement alertée, le regard éteint. Plus aucune flammèche ne dansait au fond de ses pupilles. Elle avait tout de suite compris que tout était terminé.

À son interrogation muette, il avait répondu l'affirmative par un hochement de tête.

— Oui, lui dit-il, tout est fini. Elle s'en est allée il y a trois mois sans me le dire. J'étais en vacances en famille, sur une plage, ne me demandez pas où car je ne saurais pas vous répondre. Je me branchais sur France Musique dès mon réveil et ne quittais mon poste qu'à la fin de la dernière émission de la nuit. Je me représentais Annette en vacances, gaie, inventive pour distraire ses petits-enfants et cuisiner pour tous, et je comptais les jours qui me séparaient de nos retrouvailles, et je me trouvais minable.

Ils avaient banni le portable comme moyen de communication pour ne pas se trahir, et avaient un point de ralliement, un café sur la place de la Contrescarpe, tout près de chez Annette. Sans nouvelles d'elle à son retour et follement inquiet, il avait téléphoné, n'ayant personne à joindre, aux hôpitaux du secteur, n'osant pas consulter la rubrique nécrologique des journaux. C'est finalement l'épicier qui la livrait en packs d'eau gazeuse qui lui avait appris son décès, foudroyée en quelques semaines par une reprise généralisée de son cancer du sein. L'épicier s'était rendu aux funérailles. Encore ému, il avait voulu les lui raconter : « Madame Annette était très aimée, il y avait un monde fou au cimetière, la famille, des amis, des gens du quartier. Je vous ai cherché, Monsieur. »

— Ma vie a repris son cours, Docteur. Les jours passent, identiques les uns aux autres. Je ne suis pas triste, croyez-moi. J'ai eu la chance de vivre dix années formidables que je me repasse en boucle, nuit et jour, surtout la nuit, quand la maison est silencieuse et que rien ne vient nous déranger dans notre intimité, Annette et moi.

Un très grand chagrin peut tuer, lui avait-elle expliqué dix ans auparavant. Lui a résisté. Il vit toujours ou survit et, quand ils se voient tous les six mois, ils évoquent toujours Annette.

L'Étincelle se rend-il compte que Claire l'observe depuis un bon moment déjà dans la pénombre de la pièce ? Il a fermé les yeux et a croisé les mains. Est-il effrayé ? Elle n'en a pas l'impression. Médite-t-il ? Non, il semble plutôt en grande discussion avec Annette.

Je devrais avoir peur, mais c'est curieux, non, très sincèrement, je n'ai pas peur… Et si je n'ai pas peur, ce n'est pas parce que je suis courageux puisque je ne le suis pas, au fond, je sais bien que je ne risque pas grand-chose. Qu'est devenue ma vie ? Une succession de jours sans fin, tous pareils. Le souffle d'Annette me maintient en vie, mais pour combien de temps encore ? Partir ne m'effraierait pas tant que ça. Ce que je redoute dans l'instant serait que la situation dégénère en panique générale. Mes voisins sont accablés. J'estime avoir de la chance car ils se taisent. Les deux hommes cagoulés nous ont bousculés quand ils ont ramassé les portables sans provoquer cependant de scène d'hystérie collective.

Le regard du médecin s'attarde sur moi. Elle devine que je suis en compagnie d'Annette. Je suis content qu'elle sache pour nous. Annette n'a jamais voulu m'accompagner à l'hôpital, dommage! Quand j'y réfléchis, je n'ai jamais vraiment parlé d'Annette à quiconque d'autre. À qui aurais-je bien pu me confier? Pas à quelqu'un de la famille, bien entendu, ni à mes amis non plus, qui connaissent tous ma femme. Le tour est vite fait. Je n'ai pas de confesseur et je revendique haut et fort mon athéisme. Quand j'étais enfant de chœur à Saint-Pierre de Montmartre, j'aimais bien l'odeur camphrée de l'encens, mais, encore plus, l'absence totale de goût des hosties qui selon les semaines pouvaient soit fondre sur la langue, soit s'accrocher sous le palais. J'avais un mal fou à m'en débarrasser sans utiliser l'index.

Je prenais ma revanche à la messe dominicale. Malhabile aux osselets et pas très rapide au foot, je me rattrapais à l'office du dimanche. Devant mes copains de la butte subjugués, je maniais avec une grande dextérité l'encensoir grâce à une pratique forcenée. J'arrivais très en avance pour m'exercer dans la sacristie. Mais c'est pendant la communion que je devenais diabolique. En prenant un air de consternation incrédule, je regardais droit dans les yeux les enfants qui m'avaient cherché des noises. Et le lundi matin, je leur racontais avec aplomb que les hosties qu'ils avaient reçues des mains du prêtre, n'avaient pas été transformées en corps du Christ au moment de la consécration. Je leur disais que je le tenais du curé qui savait reconnaître toutes ses hosties. Leur méchanceté faisait que le Christ avait refusé d'entrer en communion avec eux. Et j'ajoutais que, puisque l'hostie ne s'était pas transformée en corps du Christ, ils iraient à coup sûr rôtir en enfer. Que c'était ce que m'avait raconté le curé et que c'était donc vrai.

Tout enfant de chœur en soutanelle rouge et surplis blanc que je n'ai pas honte d'avoir été, je n'ai cependant jamais eu la foi. Et puis j'ai grandi et n'ai plus jamais remis les pieds dans une église pour autre chose que pour les corvées, j'entends par là, mon mariage, les baptêmes, communions et mariages de nos enfants, avec une exception, les concerts de musique religieuse.

Annette était croyante, mais à sa façon, sans avoir jamais manifesté le besoin de recourir à un quelconque intermédiaire. Elle voyait la marque de Dieu partout, dans tout ce qu'elle trouvait beau, un chant d'oiseau, le blé en attente de moisson, les arbres en fleur et dans notre couple car nous nous aimions. Serait-il possible qu'il ne reste de mon Annette que son souvenir conservé comme une relique tout au fond de mon cœur ? J'espère, mais sans trop y croire, qu'elle est présente quelque part, sous une forme que je ne suis simplement pas capable d'appréhender. S'il ne doit m'en rester que son souvenir, il est alors impératif que je survive à cette prise d'otages, car, dans le cas contraire, Annette partirait une deuxième fois et de façon définitive. Tout bien considéré, l'idée que mon Annette puisse encore disposer d'une existence propre me réchauffe le cœur.

Étudiant, je m'étais intéressé à Pascal, le philosophe, et avais même participé à un séminaire consacré à son « pari » dont quelques bribes me reviennent curieusement en tête aujourd'hui.

Grosso modo, on a tout intérêt à croire en Dieu, qu'il existe ou qu'il n'existe pas. Si je fais le pari qu'il existe et que je deviens croyant, je retrouverai Annette au paradis et serai récompensé par une éternelle lune de miel. J'aurai gagné mon pari.

S'il existe et que je refuse de croire en lui, je perds tout. Je partirai croupir en enfer pour l'éternité et, plus grave *encore, je ferai le désespoir de mon Annette qui, esseulée au paradis pour l'éternité, pleurera toutes les larmes de son corps, ou plutôt de son âme.*

Si Dieu n'existe pas, peu importe que je croie ou non. En y réfléchissant bien, je n'ai certes aucune raison carté- sienne de croire en Dieu, mais, selon Pascal, j'y aurais quand même tout intérêt, sait-on jamais! Mais comment leurrer Dieu? Si je fais semblant de croire par intérêt personnel, parce qu'il n'est pas envisageable que je puisse devenir un jour croyant, Dieu omniscient le saura puisqu'il sait tout! Si jamais je sors d'ici vivant, la ques- tion mérite réflexion. Les enjeux sont de taille pour nous deux. Je ne vois cependant pas avec qui je pourrais en débattre, si ce n'est avec toi, Annette.

Que fait-elle en ce moment, m'observe-t-elle, me plaint-elle? Je l'imaginerais plutôt amusée, parier non pas sur l'existence de Dieu, mais sur mes réactions face au danger, sur mon courage.

Je ne voudrais pas te décevoir, Annette, je voudrais t'étonner et, mieux encore, t'impressionner. Tu m'as connu aux deux extrêmes de la vie, jeune homme fat, puis vieux monsieur plus trop fringant. Tu ne m'as jamais connu dans la force de l'âge. Tu ne sais pas ce que je serais encore capable de faire pour toi. Je suis idiot, je veux tout simplement t'aimer, Annette.

C'est curieux, Claire croit le voir sourire. Elle revoit l'homme qui, il y a quelques années, était venu lui demander si une grande émotion pouvait tuer.

6

« Comme-chien-et-chat »

Assis côte à côte, Monsieur et Madame « Comme-chien-et-chat » se tournent le dos et se font la gueule. Claire aurait été étonnée qu'il en soit autrement. Ils se haïssent cordialement et de plus en plus, ce qui lui fait penser que le lien qui les unit est de plus en plus solide. Familiers des lieux, ils ne cherchent même plus à se cacher et la prennent souvent à témoin de leurs différends. Il est employé de banque. Elle, principale d'éducation au lycée Claude-Monet dans le 13e arrondissement.

Ils ont des jumeaux de 15 ans qui font le désespoir de leur mère.

— Ils ne font rien à l'école et fument en cachette alors qu'ils ne le devraient pas avec les gènes dont ils ont hérité, ne manque-t-elle jamais de rappeler en foudroyant des yeux le coupable géniteur. Ça me mine ! Qu'on ne se demande pas après pourquoi je suis malade !

Leur cadette qui est au cours préparatoire leur donne pour l'instant toute satisfaction.

Le mari est sorti indemne d'un accident vasculaire cérébral qui l'a frappé le jour de ses 40 ans. La cause de son accident n'a pas pu être identifiée, et le patient interroge Claire à chaque consultation sur son risque de récidive.

Les maux de sa femme sont plus difficiles à cerner car, et c'est un principe chez elle, rien ne va jamais. Sa maladie, une banale hypertension artérielle, est enfouie sous un florilège de symptômes qui n'ont aucun rapport. En faire le tri est une entreprise hasardeuse dans laquelle Claire hésite toujours à s'aventurer.

Elles ont pris l'habitude de se saluer toutes les deux de la façon suivante, devenue un petit jeu qui fait sourire la patiente malgré elle : « Bonjour Madame, tout va-t-il toujours aussi mal ? », ce qui a pour effet de fermer la vanne des lamentations.

Quand mari et femme arrivent dans le box de consultation, ils s'installent en face de Claire et écartent au maximum leurs fauteuils pour s'éloigner le plus possible l'un de l'autre.

Tous les médecins ont leurs manies. Quand elle reçoit un couple, Claire commence toujours sa consultation par le plus grave des deux et finit par celui dont la pathologie lui semble la plus bénigne. Le mari répond à son habitude de façon précise et plutôt cordiale à ses questions. En baissant les yeux pour analyser l'électrocardiogramme de son patient, Claire aperçoit les pieds de Madame s'agiter sous le bureau puis elle l'entend se racler la gorge, une fois, deux fois, trois fois, pour attirer son attention. Elle ne va certainement pas tarder à se manifester. Claire ne s'est pas trompée. C'est plus fort qu'elle, et les mots fusent. Pour parler de son mari, jamais elle n'utiliserait son prénom ou ne dirait « mon mari », mais, faisant fi de sa présence, elle emploie toujours le pronom personnel à la troisième personne du singulier, alourdi de tout le mépris dont elle peut le charger.

— Il dort tout le temps. Quand on regarde une émission, le soir, après dîner, au bout de cinq minutes, c'est parti je l'entends ronfler, je n'en peux plus ! Et puis, il mange n'importe quoi ! Pfft... S'il fait une deuxième attaque et s'il s'en sort, ce qui entre nous m'étonnerait, on pourra dire qu'il l'aura bien cherché. Qu'il ne compte pas sur moi pour pousser son fauteuil roulant. Ah ça, jamais de la vie. Il peut toujours courir ! Je suis malade moi, Monsieur le sait bien, mais il oublie. Et puis, il y a autre chose dont je voulais absolument vous parler, Docteur. Pouvez-vous nous conseiller un médecin du cerveau ? Je ne sais pas ce qu'il lui faut exactement, si c'est un médecin de la mémoire ou un neurologue, parce qu'il a l'Alzheimer. Je l'ai compris depuis longtemps. Il ne se souvient jamais de ce que je lui dis ! Quand je lui demande de faire des courses, il en oublie la moitié...

Tous ces « il » persifflés sont autant de flèches empoisonnées qu'il reçoit sans sourciller. Il en a l'habitude. Néanmoins, quand, en se penchant sur le côté, Claire réussit à capter son regard, il a une mimique très éloquente qui signifie : « Vous entendez tout ce que je supporte tous les jours. »

Claire, qui souhaite l'examiner en toute tranquillité, coupe brutalement la parole à l'épouse remontée et fait ensuite traîner la rédaction de l'ordonnance. Elle sait qu'elle ne pourra pas échapper à la litanie de ses maux et tente d'en retarder au maximum l'arrivée. Les bons jours, elle va se donner la peine de la dérider en lui demandant des nouvelles de sa benjamine tout en prenant garde, surtout, de ne pas s'égarer sur le terrain épineux des terribles jumeaux.

Claire l'a adressée une fois à un collègue pour un avis sur des pathologies extracardiaques. On ne l'y reprendra pas, car elle avait reçu en retour un courrier un peu confus de son collègue, la prévenant que sa patiente avait été fort mécontente de ses soins et qu'elle n'était pas revenue le voir comme prévu.

En général, elle l'expédie d'autant plus vite qu'elle lui a fait perdre beaucoup de temps en vitupérant sur son conjoint.

Claire n'a jamais su si sa patiente lui était fidèle parce qu'elle lui accordait quelque crédit, pour savourer tout ce qu'elle pouvait vomir sur son mari ou si, au fond d'elle-même, inquiète pour lui, elle voulait s'assurer que tout allait bien.

Claire doit avouer que son acrimonie qui gagne de l'ampleur d'année en année l'amuse. Elle se demande aussi à la fin de chaque consultation quelles cimes elle pourrait atteindre la prochaine fois.

Contre toute attente, elle ne la déteste pas et a même la faiblesse de croire que c'est réciproque et que ce couple très solide, bien ancré dans une haine réciproque, l'apprécie en retour.

Monsieur Comme-chien-et-chat est encore plus avachi sur sa chaise qu'à l'accoutumée. Il courbe le dos et rentre les épaules comme s'il voulait se mettre à l'abri des coups des preneurs d'otages, et plus encore des invectives de son épouse qui ne vont pas tarder à tomber. Le plus pénible ? L'attente, car une fois que c'est parti, il n'y a plus qu'à attendre que ça se passe, en se protégeant au maximum. On peut accorder aux terroristes le doute d'une certaine mansuétude, de sa femme, il sait que non.

Celle-ci se tient parfaitement droite, assise du bout des fesses sur le rebord de son siège. Elle pince les lèvres, ce qui n'annonce rien de bon.

(Elle) *Voilà, il est content de lui maintenant! Et qui a changé la date de consultation, et pour quelle raison?*

Pour une ré-u-nion de philatélistes à la gomme! Je vais m'en occuper de sa collection, il va voir... Elle ne perd rien pour attendre, sa collection... Il peut déjà lui dire adieu!

Un long soupir... Dieu sait quand on pourra sortir! J'en suis malade!

(Lui) *Et patatras, et ça ne fait que commencer. Je la connais.*

Bien sûr que je regrette d'avoir repoussé d'une semaine notre rendez-vous. Je vais en entendre parler longtemps!

Qu'elle se taise, surtout. Nom de Dieu! Il ne manquerait plus que ça, qu'elle attire leur attention sur nous. Des représailles vont nous tomber dessus, je le sens.

(Elle) *Et la petite, qui ira la chercher à la piscine? Je ne peux même pas avertir l'école puisqu'ils m'ont confisqué le portable. Alors je fais comment?*

Tout ça, c'est de sa faute. Qu'il se débrouille. Il me faut un téléphone. Il n'a qu'à leur expliquer que c'est un cas de force majeure et que j'en ai absolument besoin pour prévenir l'école.

— Vas-y, lui siffle-t-elle au creux de l'oreille tout en lui indiquant par sa mimique d'aller chercher le portable dans le coin de la salle où ils gisent en vrac.

(Lui) *Qu'elle stoppe son cirque. Mégère!*

Ça y est, mais c'était couru d'avance, ils nous ont à l'œil. Et qu'elle arrête de me postillonner dans l'oreille comme ça, c'est très désagréable!

(Elle) *Je n'en peux plus. Je sens que je vais me trouver mal. Une chose est sûre, je le quitte dès qu'on sort d'ici.*

(Lui) *Qu'elle la ferme bon sang! Quand ils voudront en liquider un ou deux, ça tombera sur nous.*

(Elle) *Il ne fera rien, c'était couru d'avance. Une loque! J'en deviens dingue.*

Calme-toi, Irène, ça ne sert à rien de t'énerver. Respire.

Comme il a changé depuis son attaque ! Lui qui ne craignait rien ni personne, il était si fort et tellement sûr de lui, rien ne pouvait l'ébranler. C'est comme ça que j'aime les hommes, solides et virils. À ses côtés, je me sentais toujours protégée. Et il a suffi d'un petit AVC de rien du tout pour tout foutre en l'air. Tout le monde l'a plaint. Avait-il mal ? Récupérait-il ? Et le moral, et patati et patata ? Me demandait-on si ce n'était pas trop dur pour moi ? Il n'y en avait que pour lui. Moi je n'étais bonne qu'à servir de relais entre l'hôpital, la famille et les amis. Ça n'étonnait personne !

Je n'ai pas supporté de le voir malade d'abord, et encore moins diminué ensuite. Au-delà de mes forces !

Je lui en veux de n'être plus celui que j'ai aimé à la folie. Quand je pense à ce qu'il était, à nos nuits d'amour, eh bien, ça me rend folle. Et il était si fier que j'en demande et en redemande. Il me disait insatiable, et lui, ne l'était-il pas tout autant ?

Me souvenir de l'avant me fait tellement mal que je préfère détruire ce présent détestable. Voir son mari, un dynamique quadragénaire, se transformer du jour au lendemain en une loque, c'est dur. Il s'est vite remis sur pied mais ce n'était plus le même, comme si on me l'avait changé. Il a arrêté de travailler et s'est fait mettre en invalidité. Et que reste-t-il de notre vie de couple ? Il ne me touche plus. Le pire, c'est que tout ça se passe dans sa tête. Les médecins nous ont dit qu'il pouvait mener une vie normale. Il en a vu des psychologues… Je n'en peux plus, je crois que je le hais. J'aurais mieux fait de le quitter pour garder intact le souvenir de toutes nos bonnes années. Plus j'y pense, plus je me dis que j'ai eu tort de rester. J'ai manqué de courage, et puis personne n'aurait compris ce geste d'amour. Et les enfants qui m'en veulent déjà, ma fille, plus encore que mes fils, et qui me rendent tous les deux responsables de la dislocation de notre couple, qu'en auraient-ils pensé? C'est par amour que je le déteste maintenant, à hauteur de ce que je l'ai aimé. Je ne peux même pas lui dire tout ça, il ne m'écoute plus. Il n'y a plus aucune communication possible entre nous deux.

(Lui) *Elle s'est tue, enfin! Mais pour combien de temps? Je l'insupporte et je la comprends, je ferais pareil à sa place. Je ne me supporte plus moi-même.*

(Amer), *il paraît que j'ai eu de la chance dans mon malheur. J'ai récupéré la parole au bout de quelques semaines et la marche un peu plus tard après quelques mois de rééducation. OK, je n'ai plus aucune séquelle, OK, je peux vivre comme avant, OK. Mais je sais très bien que ce n'est pas vrai et qu'Irène ne me voit plus du tout du même œil. Je ne suis plus un homme, j'y arrive plus. Les médecins m'ont dit que les médicaments n'arrangeaient rien mais que mon impuissance était surtout d'ordre psychologique. On a changé le traitement mais toujours rien. Irène m'en veut. Je reconnais que je me laisse aller depuis l'accident. Elle me reproche tout, d'abord d'être moi-même. Elle était si gaie avant. On avait encore tant de projets en tête! C'est ce maudit AVC qui a tout gâché. Elle n'arrête pas de se plaindre. Elle a toujours mal quelque part. Le Docteur Tsubo se moque gentiment d'elle à chaque consultation et je suis surpris qu'elle le prenne aussi bien. J'ai toujours peur qu'elle ne quitte le bureau en claquant la porte.*

Elle me matraque de reproches dès le réveil. Je l'évite comme je peux. Je m'enferme dans le bureau pour y classer des timbres ou pour lire L'Équipe et Libé. *Tous les après-midi, je vais marcher au parc Montsouris comme me l'ont conseillé les docteurs. Je débarrasse la table après chaque repas et je remplis le lave-vaisselle. Irène passe toujours derrière moi. Et quand j'entends les assiettes s'entrechoquer et Irène qui pousse des soupirs déchirants pour me faire comprendre une fois de plus que ce n'est pas comme ça qu'il faut faire, alors j'en ai marre. Je suis à bout.*

Qu'ils nous liquident tous les deux et on n'en parlera plus. À moins que... À moins que... je puisse faire quelque chose d'utile. Mais je ne fais pas le poids face à ces terroristes.

Pourquoi ne pas essayer d'entrebâiller l'une des deux fenêtres pour me faufiler à travers et aller expliquer ce qu'il se passe ici ? La salle d'attente donne sur une espèce de grande terrasse, le toit d'un décrochement du rez-de-chaussée du pavillon. J'avais déjà dit à Irène que c'était un dépotoir : gélules, boîtes de médicaments vides, pansements arrachés, gobelets en plastique et même une fois une sonde urinaire usagée, jetés par la fenêtre par des malades peu citoyens. Irène serait drôlement surprise de me voir faire.

Si j'y trouve la mort, elle me pleurera comme on pleure un héros, et si je réussis mon coup... peut-être serait-ce le moyen de remonter un peu dans son estime, de prouver que je suis resté quand même, quelque part, un homme.

Trop dangereux. Ils auraient le temps de me canarder comme un lapin avant que je n'aie pu faire trois pas.

7

« Ma femme est un soleil »

Quand Claire avait constaté que Monsieur et Madame « Ma femme est un soleil » avaient rendez-vous ce matin, son moral était remonté au beau fixe.

Les recevoir la remplit toujours de joie.

Ils sont là, soudés l'un à l'autre. Il est octogénaire depuis peu, et sa femme est de trois ans son aînée. Avant même d'entrer dans le box de consultation, elle est toujours prise d'un fou rire incoercible qu'un rien déclenche. Ce rire coloratur est contagieux. Claire et les infirmières de la consultation l'adorent et, plus encore, son jeune vieux mari. Elle est petite avec des cheveux épais, blancs, raides et coupés très court. Elle est gentiment boulotte et ne se maquille jamais.

Lui arbore une petite moustache poivre et sel. Ses cheveux sont coupés en brosse. Il a pris quelques tours de taille. Il n'y a pas si longtemps encore, il venait à l'hôpital à vélo. Il posait son casque par terre et disait à Claire :

— Il faudrait peut-être bien que je vous amène ma femme pour un check-up. Je l'aime tant que je tremble à l'idée que vous puissiez lui trouver quelque chose. C'est ce qui me retient.

Il nageait au moins deux fois par semaine avant que des problèmes locomoteurs ne viennent limiter ses ambitions. Mari et femme se déplacent maintenant en métro.

Ils se font une fête de venir consulter « leur cardiologue préférée ». Ils la questionnent sur l'avancée de son roman. Ils savent qu'elle a écrit un polar dont le gros de l'intrigue se passe à l'hôpital Cochin. Et quand elle leur explique, un peu déçue, que les maisons d'édition boudent son livre, ils en sont consternés. Ils lui ont avoué faire régulièrement le tour des librairies de leur quartier à la recherche d'un crime commis à l'hôpital Cochin. Souvent embarqués dans leur discussion, ils oublient sa présence.

— Dis, on en achètera deux pour pouvoir les lire ensemble et faire la course à qui trouvera le coupable le premier.

— Ce sera toi, tu sais bien que les femmes sont plus rusées que les hommes, et toi plus encore que les autres.

— Mais non, c'est toi qui étais dans la police, pas moi. Tu as l'habitude de trouver le coupable. Ce n'est pas du jeu.

Et ils éclatent de rire, et Claire les adore.

Leur vie n'a pas toujours été facile. Hélène, leur fille unique, souffre d'une dépression sévère qui s'est aggravée quand on lui a diagnostiqué un méchant cancer du côlon. Elle a fait plusieurs séjours en hôpital psychiatrique. Ils s'en occupent beaucoup car, célibataire et sans enfant, elle ne peut compter que sur ses parents. Son père remplit les papiers : remboursements de soins, arrêts de travail… Sa mère fait chaque semaine l'inventaire de la cuisine et le plein du frigidaire et des placards. L'appartement regorge de provisions. Elle vérifie les dates de péremption de peur que sa fille ne s'empoisonne avec un produit périmé qui aurait échappé à sa vigilance.

Ils se sont fait expulser de l'appartement dans lequel ils vivaient depuis plusieurs décennies. Le propriétaire a voulu y rapatrier sa vieille maman. Par chance, ils ont vite retrouvé un petit deux-pièces, à proximité. Ils n'ont pas eu besoin de changer leurs habitudes. L'immeuble est peuplé de veuves dont certaines n'hésitent pas à déranger le seul homme valide pour de menus services, à toute heure du jour et de la nuit. Ils font tous les deux semblant, seulement pour la forme, d'en être contrariés, mais, au fond d'elle-même, la patiente est fière de son homme.

— Entre voisins, il faut s'aider. Et puis nous, nous avons la chance d'être encore ensemble. C'est ça qui compte. Alors pour le dérangement, eh bien, ce n'est pas grave. Il n'a même pas besoin de sortir, et on a l'ascenseur.

À la dernière consultation, Claire avait déjà signé les deux ordonnances et faisait mine de se lever de son siège quand Madame « Ma femme est un soleil » a été prise d'un fou rire explosif inexpliqué. Perplexe, Claire s'était tournée vers le mari qui visiblement ne comprenait pas plus qu'elle ce qu'il se passait. Madame « Ma femme est un soleil » avait tapé du plat de la main sur la cuisse de son homme.

— Tu es sûr de n'avoir rien oublié, dis ?

— Oui, lui avait-il répondu, tu sais bien qu'on ne prend plus rendez-vous à la fin de la consultation. Nos convocations arriveront à la maison par boîte postale. On nous l'a déjà expliqué.

— Gros bêta, je ne parle pas de ça.

Elle s'était penchée à son oreille pour lui murmurer quelque chose, et tous deux avaient pouffé.

— Ma femme, avait-il dit à Claire, un sourire aux lèvres, me fait dire que… vous n'avez pas mis de Viagra. J'ai failli l'oublier. Je vais me prendre un de ces savons tout à l'heure, vous n'imaginez même pas !

— Docteur, avait-elle repris, ne l'écoutez pas, il ne raconte que des bêtises. Pourriez-vous s'il vous plaît prescrire le Viagra sur une ordonnance à part ? Quelle tête ferait le pharmacien qu'on connaît depuis vingt ans si je lui apportais une ordonnance de Viagra, avait-elle poursuivi, badine, en administrant une deuxième petite claque sur la cuisse de son mari. Il faut que je vous explique, Docteur, ce que je fais. Je prends la ligne 6 à la station Pasteur et je descends à la Motte-Piquet Grenelle, trois stations plus loin. Quand je sors du métro, je me noue un foulard sur la tête et je sors des lunettes de soleil, ajoute-t-elle en mimant le geste. Je vais toujours chercher le Viagra quand il fait beau pour que les lunettes teintées fassent moins bizarre. Et je fais toujours le plein de « revigorant » pour mon mari pour les six mois pour ne pas avoir besoin d'y retourner trop vite.

Le mari amusé tend la main à son soleil pour l'aider à se relever. Bras dessus, bras dessous, ils quittent le box après avoir remercié Claire chaleureusement.

Le regard de Claire glisse comme une caresse sur ce couple charmant. Un bref instant de douceur avant de revenir aux brutales péripéties du jour.

— Faites, mon Dieu, qu'il ne leur arrive rien de mal. Qui pourrait-elle prier ? Un dieu païen, Hathor, la déesse égyptienne de l'amour ?

Madame « Ma femme est un soleil » n'a pas son fou rire habituel, si gai et tellement contagieux. On ne l'entend pas, car c'est un fou rire intérieur, silencieux, qui l'agite. On ne peut le deviner que par les spasmes qui lui secouent le torse : fou rire de nervosité que trahit sa main qui serre bien fort celle de son époux, Léon. Elle sait qu'il est à ses côtés pour la protéger et qu'elle ne risque rien.

— On y passe tous les deux, Léon, ou mieux, on s'en sort tous les deux, tu promets hein, lui chuchote-t-elle à l'oreille.

Puis elle se tourne vers Claire et lui fait un petit signe qui signifie que c'est bon, qu'elle n'a pas à s'en faire pour eux, qu'ils tiennent le coup.

— Si on est blessés et hospitalisés, reprend-elle à l'oreille de son Léon, il faudra bien qu'Hélène nous apporte du linge de rechange.

Oh là là, elle risque de tomber sur le Viagra! Il doit en rester deux boîtes.

On aurait l'air de quoi? J'espère que Léon a bien remis la boîte entamée dans l'armoire à pharmacie et qu'il n'a pas oublié de la cacher derrière les paquets de mouchoirs.

— Léon, Léon, la boîte de Viagra, t'en as fait quoi? lui chuchote-t-elle paniquée.

— Ne t'inquiète pas comme ça et pour ça!

— On dira à Hélène qu'on n'a besoin de rien et surtout pas de mouchoirs en papier, qu'on nous en donne tant qu'on veut à l'hôpital. Parce que je serais morte de honte si elle tombait dessus.

— Rappelle-toi ce que t'a donné le pharmacien la dernière fois. Ce n'était pas du Viagra mais du Sildénafil, le générique, lui répond Léon au creux de l'oreille.

Ma femme en avait été furieuse. Elle voulait rapporter les boîtes.

Si Hélène les trouve, elle ne saura même pas ce que c'est, et je n'imagine pas notre fille se pencher sur les notices. Sildénafil, ça ne dit rien à personne. Et quand bien même elle trouverait le Viagra, qu'est-ce que ça pourrait faire. Je pense qu'elle serait très fière d'avoir des parents qui s'aiment toujours autant.

— Allez, ne te fais pas de bile pour rien.

Léon aimerait bien lui passer un bras autour du cou pour la réconforter. Son épaule douloureuse l'en empêche toutefois.

Au boulot, maintenant! Un ancien commissaire de police ne va quand même pas se laisser marcher sur les pieds par deux malheureux preneurs d'otages!

Un frisson, mélange d'excitation et de peur, le traverse de part en part.

Du calme, Léon, ne t'excite pas comme ça, ce n'est pas bon pour la tension. Respire un bon coup. N'oublie pas que tu n'es qu'un vieux retraité, perclus d'arthrose. Que vas-tu encore te mettre en tête? Penses-tu vraiment que tu pourrais maîtriser ces deux loustics? Pas de bêtise Léon, hein, tu m'entends? Ne joue pas à celui que tu n'es plus. Tu devrais commencer par analyser la situation avec méthode. Tu l'as expliqué tant de fois à tes jeunes recrues qu'il ne fallait jamais agir dans la précipitation, mais, au contraire, se poser pour réfléchir. Que «perdre du temps», c'était en fait en gagner. Aurais-tu tout oublié?

Si je me concentre sur ce qui s'est passé, ça donne à peu près ceci: nous sommes arrivés avec mon épouse très en avance. La salle d'attente s'est vite remplie.

Nous commencions à trouver le temps long quand deux individus masqués et armés sont entrés dans la salle sans faire de bruit, nous prenant tous par surprise. Ils ont fermé la porte sans la bloquer.

Ils ont baissé les stores et ont confisqué les portables. Il n'y a pas eu un cri. La stupéfaction et la peur sans aucun doute. Ils ont pointé leurs armes sur nous. Tout le monde a alors compris que le silence était notre allié.

Ils ont tout vérifié. À côté de la porte d'entrée, ils ont ouvert une deuxième porte donnant sur un minuscule point d'eau et, juste à côté, ils ont fait sauter la serrure d'un petit réduit dans lequel sont entassés des dossiers.

La cardiologue est entrée à son tour, sa liste en main pour nous appeler. Ils l'ont attrapée par le bras et l'ont traînée au milieu de la pièce. Ils ont alors bloqué la porte d'accès. Aucun de nous n'a bronché. Et depuis, plus rien... On attend.

Les individus : de taille moyenne, musclés, et ce n'est pas de la gonflette. Jeans noirs, pulls ras du cou, noir pour l'un, gris pour l'autre et fins gilets pare-balles pour les deux. Bottines de cuir qui ont du kilométrage chez l'un, chaussures de sport montantes pour l'autre. Cagoulés tous les deux. Les armes : ils sont équipés de pistolets mitrailleurs d'un modèle récent que je ne connais pas. Il est vrai que je ne suis plus dans le coup. L'un doit avoir la petite cinquantaine si j'en juge par ses lunettes de presbyte par-dessus lesquelles il nous surveille. Il me tourne légèrement le dos, et je ne le vois que de trois quarts. Pas grand-chose à dire de plus. Le plus jeune a au poignet une montre connectée dernier cri.

Ce sont des pros. Ils sont immobiles et ne tripotent pas leurs armes comme peuvent le faire certains novices pour se passer les nerfs. On va se rassurer comme on peut. Si ce sont des pros, au moins, on ne sera pas à la merci de tirs de panique qui font toujours beaucoup de dégâts. Je vois que tous les crans de sûreté des armes sont bloqués. Tant mieux.

Pourraient-ils être accessibles à la discussion ? Non, ce n'est pas encore le moment. Faudra voir.

Le plus jeune a fait le tour des chaises tout à l'heure, déclenchant à son passage des gémissements apeurés, vite étouffés quand il a levé son arme. Il nous a intimé l'ordre de rester tranquilles et de nous adresser au médecin si quelque chose n'allait pas. Il a ajouté qu'il espérait ne pas avoir à intervenir, et que c'était préférable pour nous. « Compris ? », a-t-il ajouté. On a tous hoché la tête.

Et pourquoi ce silence, comment l'interpréter? Aucun bruit ne filtre de l'extérieur. Personne ne se serait rendu compte de notre séquestration? Nous aurait-on oubliés? Que font les infirmières de la consultation et les médecins du service? Je sais bien qu'on n'est pas dans la salle d'attente habituelle, mais quand même!

Impossible que personne n'ait réalisé qu'on était enfermés.

Je suis un peu dur d'oreille, mais je n'entends rien, pas un éclat de voix, pas de cri, pas de cavalcade, pas de coup de feu non plus, rien, rien que ces chuchotements apeurés de mes codétenus. Encore heureux que ces deux cagoulés ne nous les interdisent pas, ces chuchotements, étonnant d'ailleurs, sans doute veulent-ils éviter toute hystérie de notre part. Tout l'étage aurait-il été pris en otage ou évacué?

Je n'y comprends rien. J'ai beau me pincer dans tous les sens, je ne peux me sortir de ce cauchemar qui donc n'en est pas un.

Il est inimaginable de penser que nous sommes depuis vingt bonnes minutes à la merci d'hommes armés, dans un hôpital de l'Assistance publique, et que personne ne soit intervenu.

Mon Léon serait-il en train de mijoter quelque chose? Il s'est redressé et coiffe sa brosse coupée trop court de la paume de sa main comme s'il voulait l'aplatir au-dessus du front. C'est, chez lui, un signe de concentration. Ça fait quelques minutes déjà qu'il m'a lâché la main! Ça devient sérieux. Il cogite, mon Léon. Ils ne se doutent pas ces deux plantons devant la porte de ce qui les attend. Mon Léon, il fait peut-être comme ça gros nounours, mais il ne faut pas se fier aux apparences. C'est un vrai dur.

Il a gravi beaucoup d'échelons dans la police. Il a terminé chef. C'est pour ça qu'on a maintenant une bonne retraite.

J'ai bien envie de rire, mais ce doit être nerveux parce que je ne suis pas rassurée du tout. Il ne faut pas que je le montre. Qu'est-ce que Léon penserait de moi?

Le plus petit de ces malfrats a un tic. Il secoue la tête à gauche comme s'il voulait chasser une mèche qui lui tomberait dans l'œil. Quelqu'un devrait lui rappeler qu'avec sa cagoule qui lui couvre les cheveux sa mèche ne risque pas de le gêner. Je parierais bien qu'il a une raie à droite et donc une grande mèche qui retombe à gauche. Il faut que Léon voie le phénomène.

8

« Les Orphelins »

Ils n'avaient pourtant pas rendez-vous, et c'est tant pis pour eux s'ils se sont fait prendre au piège. Claire, qui vient de les identifier, avait fait la moue ce matin quand elle avait lu le mot de sa secrétaire qui l'avertissait du passage de « l'Orphelin ».

Son métier : malade professionnel. Sa femme l'est aussi. Elle l'est devenue par les liens indissolubles du mariage. Sans insinuer qu'il est atteint d'une maladie sexuellement transmissible, il faut reconnaître qu'il y a un peu de ça quand même.

Il fait partie du gratin des malades, de ceux qui souffrent d'une maladie rare, d'une maladie qu'on qualifie d'« orpheline ». Cet adjectif confère à la pathologie une connotation très particulière. Parce qu'on a le devoir de protéger l'orphelin. C'est écrit en toutes lettres dans la Bible. Et la littérature regorge de héros prêts à défendre la veuve et l'orphelin.

Claire les déteste cordialement l'un et l'autre, mais pour des raisons différentes : lui, pour sa suffisance, elle, pour son effacement. Elle se dit que ce n'est pas bien et a réfléchi à la question. Elle est arrivée à la conclusion qu'elle n'a aucun reproche à se faire. Et puis, ce n'est pas parce qu'on ne supporte pas un patient qu'on le soigne forcément plus mal, au contraire, parce qu'il est alors plus facile de rester objectif et de le soigner sans états d'âme.

Ce patient de marque est membre de l'association de sa maladie orpheline. Plus que ça encore, il en est le président, et on le soupçonnerait même bien de l'avoir créée lui-même.

Son épouse s'agite à ses côtés à la rédaction des prospectus et à l'organisation de réunions et de forums sur Internet. Prosélytes convaincus, ils sillonnent les hôpitaux pour embaucher de nouvelles recrues qu'ils éduquent et qui partent à leur tour prêcher. Ils tentent ainsi de sensibiliser l'opinion publique pour récolter quelques fonds pour leur association. La finalité de cette association, que tous les orphelins forment et se retrouvent dans une grande famille pour mieux comprendre leur maladie et pour s'entraider à en supporter les contraintes, est certes louable. Elle leur demande beaucoup d'énergie et leur confère surtout une grande importance. Les médecins qui s'en occupent les encouragent. À l'image de leurs protégés, ils ne sont pas des médecins de monsieur et madame Tout-le-monde, mais de savants hyper-spécialistes, prescrivant avec dextérité toutes sortes de tests biologiques, qu'ils font analyser à des prix exorbitants par des laboratoires de très haute technologie, dispatchés aux quatre coins de l'Hexagone. Ils se réunissent entre eux, dans des sociétés savantes hermétiques qui n'accueillent pas le premier venu mais exclusivement celui qui a prouvé, par sa notoriété et par la rareté de la maladie à laquelle il consacre sa vie professionnelle, qu'il en était digne.

Ne se considérant donc pas comme un patient lambda mais comme un « orphelin », tout en sachant bien que ce n'est pas sa pathologie cardiaque qui le rend exceptionnel, ce patient d'élite attend néanmoins de sa cardiologue attitrée l'attention et le respect qu'il estime dus à son statut quasi aristocratique. Claire ne lui a jamais offert le plaisir de s'étendre sur sa maladie orpheline, prenant toujours un air blasé et détaché pour s'adresser à lui.

— Venons-en aux faits, Monsieur. Si vos médecins n'ont rien changé à votre traitement, c'est que tout va bien.

— Voulez-vous jeter un coup d'œil au compte-rendu de médecine interne ?

— Non, ce n'est pas la peine. J'ai dû le recevoir, et si je ne l'ai pas mis de côté, c'est qu'il n'y avait rien de nouveau.

Quand elle le veut, Claire sait se montrer sèche et factuelle.

Il fait la moue sans oser la contredire quand elle clôt la consultation en lui répétant que, du côté du cœur, tout est rassurant et que pour le reste, eh bien, ce n'est pas de son ressort. Elle sait que ce n'est pas du tout ce qu'il veut entendre et qu'elle le dépossède de sa principale raison de vivre, être malade. Elle y prend un malin plaisir, une revanche en quelque sorte.

Malgré tout, les Orphelins ne semblent pas lui en vouloir et quand elle a demandé à son secrétariat d'espacer les rendez-vous de consultation du couple, l'Orphelin s'est empressé de corriger le tir.

L'Orpheline boit les paroles de son mari avec force hochements de tête et sourires. C'est lui le président, donc lui qui sait, pas elle. Et quand c'est à son tour d'être interrogée, puis examinée, elle guette des yeux l'approbation de son mentor, soucieuse de bien répondre aux questions posées. Elle a intégré une bonne fois pour toutes que sa pathologie cardiaque pourtant réelle ne faisait pas le poids, comparée à celle de son époux orphelin et que seul son statut marital pouvait lui conférer quelque légitimité. Et quand il commence à trépigner et à lui faire remarquer que la salle d'attente est pleine et que le médecin n'a pas un temps infini à lui consacrer, la pauvre se met à bafouiller.

À sa dernière consultation, l'Orpheline serrait contre elle une liasse de courriers médicaux soigneusement rangés dans une pochette plastique. L'Orphelin affichait une moue dédaigneuse. Sa femme avait été hospitalisée quelques jours à Nice, leur lieu de villégiature. On y avait retenu un diagnostic pour lequel un nouveau traitement avait été mis en route. Son épouse devenue médicalement intéressante et non plus seulement « femme de », l'Orphelin craignait sans doute qu'elle ne lui vole la vedette. Après avoir épluché le dossier, Claire avait pris tout son temps pour lui expliquer ce qu'il s'était passé, n'accordant à l'époux que le temps nécessaire au renouvellement de son ordonnance.

Ils n'ont aujourd'hui, ni l'un ni l'autre, rendez-vous. Ils se sont déplacés pour déposer le prospectus réactualisé de leur association. La secrétaire de Claire leur avait proposé de glisser l'enveloppe dans sa case à courrier. Ils avaient refusé, voulant la lui remettre en main propre. Ils s'étaient installés dans la salle d'attente et s'y s'étaient fait piéger. Claire ne ressent aucune pitié pour ce couple détestable.

L'Orphelin n'en mène pas large. Il ne veut surtout pas se l'avouer ni le montrer.

Il fait mine d'être très agacé par la conduite de sa femme.

Pourquoi s'accroche-t-elle à moi comme ça et pourquoi pousse-t-elle ces glapissements ridicules ? Il faut dire qu'elle est à bonne école avec le chihuahua pelé qu'elle a adopté l'hiver dernier. Jamais je n'aurais dû céder. Je ne sais pas ce qui m'a pris. C'était sans doute par lâcheté, pour ne plus avoir à supporter ses jérémiades. Je ne peux m'en prendre qu'à moi-même. Si l'on s'en sort, je ferai piquer l'horreur à pattes. Elle pourra supplier, pleurer, pour une fois, je serai inflexible.

Rageur, il secoue le bras de sa femme pour s'en dégager.

— Lâche-moi, veux-tu !

Une idée vient de germer. Il rajuste sa veste, la boutonne, replace la pochette qui avait glissé quand sa femme l'avait agrippé et, d'un pas tranquille, se dirige vers les hommes armés. S'adressant à ces derniers d'une voix chevrotante qu'il essaie de raffermir :

— Messieurs, je suis atteint d'une maladie orpheline, ou rare si vous préférez. Mon état préoccupe les médecins. Il est impératif que vous nous laissiez, ma femme et moi, sortir d'ici, sinon, je ne réponds pas de ce qui pourrait m'arriver et dont vous seriez tenus pour responsables.

Le plus âgé des ravisseurs hausse les épaules et lui désigne la chaise qu'il vient de quitter, lui intimant, par ce geste, l'ordre de retourner s'asseoir. L'Orphelin ne bouge pas.

— T'as compris ou il te faut du plomb dans les fesses pour obéir ? hurle le deuxième homme.

Les otages sursautent et lèvent les mains au-dessus de leur tête, au bruit qu'il fait en armant sa kalachnikov. Des gémissements de terreur partent des quatre coins de la pièce, c'est tout juste si l'on n'entend pas des claquements de dents. Les minutes qui suivent se chargent de gravité.

L'Orphelin fait demi-tour et, dans sa précipitation, heurte sa chaise contre le mur. Les otages, qui s'attendaient au pire, c'est-à-dire à un coup de feu, sursautent en chœur une deuxième fois au bruit que fait la chaise.

Sa femme hoquète d'indignation. Elle s'en étoufferait presque. Elle murmure :

— Voyons, Georges, mais enfin Georges, dis-leur qui tu es, montre-leur tes papiers, fais quelque chose, je t'en prie ! Ils ne vont quand même pas avoir le toupet de te garder prisonnier ici !

Elle lui reprend le bras et le secoue. Georges se dégage d'un brusque coup d'épaule.

Il se rassoit et, quand Claire le voit fouiller dans la poche intérieure de son veston pour en sortir la carte de son association, elle s'approche bien vite pour l'en dissuader.

Elle lui résume sur un morceau de papier l'attentat de Skhirat au Maroc qui, dans les années soixante-dix, avait fait beaucoup de bruit. Le roi Hassan II fêtait son anniversaire avec des centaines d'invités dont une délégation française quand un coup d'État militaire avait éclaté. Les invités avaient été pris sous le feu des mitraillettes. Le roi avait été immédiatement exfiltré et transféré en lieu sûr. Les notables français avaient été mis à l'abri, eux aussi. L'histoire veut que l'un d'entre eux ait tenté de sortir de son veston son passeport français pour prouver qu'il n'avait rien à voir avec ce coup d'État militaire. Malheureusement pour lui, son geste avait été mal interprété et avait fait croire qu'il cherchait à sortir une arme, ce qui lui avait valu d'être abattu sur-le-champ et sans sommation.

Le récit du médecin doit le convaincre, car il hoche la tête et se tient coi pour un temps.

— Georges, dit-elle dans un souffle, je crois que je vais me trouver mal. La propriétaire du chihuahua s'évente à l'aide d'une revue médicale. Si je m'allongeais par terre, peut-être accepteraient-ils de m'évacuer.

— Arrête de faire ton intéressante. Et puis, ne t'avise pas de tomber dans les pommes, lui réplique-t-il à voix basse. Un peu de tenue, s'il te plaît.

Quelques minutes plus tard, il s'agite à nouveau et, c'est plus fort que lui, il se lève.

— C'est i-nad-mi-ssible. Et le droit des malades, qu'en faites-vous ? Je vais en référer à mon association et écrire à Martin Hirsch, le directeur de l'Assistance publique-Hôpitaux de Paris pour lui expliquer ce qu'il se passe dans ses établissements. Il me connaît. Nous avons déjà eu affaire ensemble. Il vient toujours aux soirées de gala que j'organise au profit de la recherche médicale...

Il n'a pas le temps de finir sa tirade qu'on lui assène un coup de crosse sur le crâne, qui résonne comme un gong annonçant la fin d'une symphonie. Il pousse un cri, vacille et, chancelant, s'écroule par terre. Tous les otages, paniqués, retiennent leur souffle. Assise à ses côtés, Claire le rattrape par le bras pour amortir sa chute. Il n'a pas perdu connaissance. Il est juste un peu groggy. Elle l'examine rapidement. Rien de grave. La crosse a entamé le cuir chevelu, et quelques gouttes de sang commencent à perler et à couler sur sa tempe. Pas besoin de points. Il s'en tirera avec une belle bosse. Elle se contente de tamponner la plaie avec la pochette bleue qu'elle a extirpée de la veste de son patient et qui, du fait de sa couleur, vire au violacé. Par chance, l'Orphelin n'avait, dans son souvenir, aucune raison de prendre d'anticoagulants et n'est donc

65

pas à risque de développer un hématome cérébral. Elle est indignée par cette manifestation de violence gratuite à laquelle elle ne s'attendait pas du tout.

L'agresseur se recule, frappe le sol avec la crosse de son fusil d'assaut pour manifester sa colère. Son coéquipier lui tape sur l'épaule, comme pour lui dire : c'est bon, stop là, ça suffit. Il se dégage d'un méchant coup d'épaule, renifle bruyamment et se fait craquer les articulations des doigts. Une main puis l'autre. Il détache son bracelet-montre, consulte le cadran, le remet à son poignet et le fait tourner à plusieurs reprises. À peu près calmé, il s'accroupit au sol et, tête basse, parfaitement immobile, il s'arc-boute sur son arme. Silence de mort dans la salle d'attente.

9

« Les médecins »

Encore sous le choc de la scène qui vient d'avoir lieu, Claire croise le regard paniqué du couple de médecins que lui cachaient jusque-là les Orphelins. Elle se sent réconfortée par leur présence, tout en regrettant sincèrement qu'ils soient embarqués dans cette galère.

Ils se sont unis pour le meilleur et pour le pire. Les années d'insouciance ont passé. Ils souffrent tous les deux de problèmes cardiaques particulièrement graves. Claire s'est souvent fait beaucoup de souci pour eux, et ils lui sont reconnaissants d'assumer le poids de leur pathologie et celui non moins impliquant de leurs états d'âme.

Quand un patient les inquiète, certains médecins vont noircir à l'envi le tableau, comme s'ils cherchaient à couvrir leurs arrières. D'autres préféreront afficher un optimisme déplacé tant ils prennent leurs désirs pour la réalité. Cette attitude risque de les entraîner très loin, dans une spirale de mensonges sans fin dont ils auront beaucoup de mal à s'extirper. Mieux vaut annoncer les choses telles qu'elles sont, enrobées d'une bonne dose d'empathie. Attention, empathie ne rime surtout pas avec amitié. Ce serait une grave erreur. Que des liens se nouent avec les patients, c'est bien, s'en faire des amis serait hautement préjudiciable à la qualité de leur suivi médical.

En acceptant de prendre en charge un médecin ou, bien pire encore, un couple de médecins, on prend des risques. Il faut partir du principe que ces malades auront le chic de ne rien faire comme tout le monde, et auront par conséquent l'art et la manière de nous déstabiliser. Difficiles à gérer, certains voudront tout contrôler, tandis que d'autres feront une confiance aveugle. Le point commun, c'est qu'ils savent au fond d'eux-mêmes ce à quoi ils sont exposés et connaissent les limites de la médecine. Et quand la maladie frappe le conjoint, c'est la catastrophe, car ils vont alors envisager le pire.

Lui est inquiet. Il ne s'en cache pas. Sa femme a eu dans les suites d'une intervention cardiaque un véritable feu d'artifice de complications post-opératoires. Elle a fait très fort mais, comme elle n'est pas du genre à lâcher prise, elle s'en est contre toute attente sortie, après des mois de réanimation et pas aussi mal en point qu'on aurait pu initialement le redouter. Le chapitre n'est malheureusement pas tout à fait clos pour elle. Son mari, le radiologue, ne vit plus. Sa sérénité, il ne la retrouvera pas de sitôt. Il ne parvient pas à cacher l'angoisse qui le ronge en permanence. La façon dont il scrute à chaque consultation les mimiques de Claire, guettant le verdict du jour, le trahit avant même qu'il ne lui ait posé la moindre question. Quand elles se trouvent seules toutes les deux, son épouse lui raconte en aparté qu'elle se sent observée de son lever jusqu'au coucher et sans aucun doute pendant la nuit, car son mari peine à trouver le sommeil. Seule l'attention qu'il porte à ses petits-enfants pourrait à la rigueur le détourner momentanément de ses angoisses. Il s'en occupe autant que son état de santé le lui permet, tous les mercredis après-midi et pendant le gros des vacances scolaires.

« Comment appréhende-t-on le danger quand on a frôlé la mort d'aussi près ? », s'interroge Claire. S'ils s'en sortent sains et saufs tous les trois, elle aimerait en discuter. Devient-on plus fataliste, c'est le destin, plus craintif ou, au contraire, plus insouciant, plus amoureux de la vie ?

Sa femme est beaucoup plus solide. Elle sait rester impassible quand on lui annonce de mauvaises nouvelles, non pas qu'elle ne se sente pas concernée, mais il faut reconnaître qu'elle encaisse bien, sans vaciller.

Ce n'est un secret pour personne que le sexe dit « faible » est en vérité le plus fort.

Une amie à qui Claire avait fait part des craintes concernant cette patiente-médecin lui avait dit un jour : « Ne t'en fais pas, avec tout ce qu'elle a dû endurer pour annoncer de mauvaises nouvelles à ses patients et à leurs familles, elle s'est blindée. » Son amie avait peut-être raison. Sa spécialité médicale, le cancer de l'enfant, l'avait exposée aux annonces de diagnostics et de pronostics inaudibles. Son stoïcisme vient sans doute en partie de là.

Une autre explication : son mari en a bavé quand son état à elle était critique, et il n'a pas flanché. Chacun son tour. C'est à elle de faire face maintenant et de l'épargner au maximum. Elle n'est pas du genre à se plaindre, et c'est la raison pour laquelle Claire est toujours sur le qui-vive quand elle reçoit un SMS laconique lui demandant de la recevoir en consultation. Son état est stable depuis un certain temps, mais elle n'en relâche pas pour autant son attention. Et c'est, hélas, quand l'état de sa femme s'est un peu stabilisé que la cardiopathie du mari s'est réveillée avec fracas. Ces patients-médecins ne sont décidément pas de tout repos.

La cancérologue claque son livre après avoir jeté un regard qui en dit long sur son état d'esprit, et le range dans son sac.

Quand je pense qu'ils nous sont tombés dessus alors que j'étais en pleine lecture du Lambeau, *le livre de Philippe Lançon, journaliste à Charlie Hebdo, qui raconte l'attentat du 7 janvier 2015, ses blessures épouvantables et son combat pour un lent retour à la vie. Je venais justement de terminer la scène de carnage dans les bureaux du journal. C'est mon mari qui me l'a chaudement recommandé après l'avoir lu. J'en ai encore froid dans le dos.*

Le moment qu'ils sont en train de vivre lui fait sentir, ressentir, palper, ce que Lançon et ses quelques collègues survivants ont éprouvé. Cette sensation qui lui semble si proche de la leur lui assène une espèce de coup au cœur.

Je ne connais pas par cœur son texte bien évidemment, mais, au fur et à mesure que j'avançais dans la lecture de son livre et dans la description du massacre, je faisais corps avec ses visions.

Les murs de la salle d'attente dans laquelle nous nous trouvons se sont couverts, eux aussi, dans ma tête, d'éclaboussures sanguinolentes et de fragments de chair déchiquetée qui giclaient jusqu'au plafond. Le linoléum fraîchement lavé du matin est maintenant jonché de corps avec des mandibules fracassées et des membres arrachés qui flottent dans une mare de sang et dans l'odeur pestilentielle de viscères éparpillés.

Je réprime une nausée et me morigène avec sévérité. Stop là, ça suffit. Es-tu devenue folle? OK, on est à la merci de gangsters, on vient d'en avoir la preuve, mais ce n'est quand même pas un attentat. Alors, chasse toutes ces images horribles et ferme ce livre.

La voyant lever le bout du nez de son livre, son mari chuchote :

— On ne va pas se laisser abattre ? On a toujours fait équipe.

Après tout, elle s'est bien sortie de ces trois mois de réanimation épouvantables alors que tout le monde, les réanimateurs les premiers, pensait que c'était fini et qu'il n'y avait plus rien à espérer. Ce ne sont donc pas ces deux types armés qui vont avoir raison de nous.

J'ai bien réfléchi pendant qu'elle faisait semblant d'être captivée par son bouquin.

On est trois médecins sur place. On doit absolument anticiper ce qu'il peut se passer.

En se penchant vers sa femme :

— Dans l'hypothèse d'un assaut, il y aura forcément des blessés. Aide-moi à trouver quelque chose qui ressemble à un garrot pour qu'on puisse se rendre utile.

À peine chassées, les images terribles du Lambeau *jaillissent en geyser une deuxième fois.*

— J'ai bien tout inspecté. Je n'ai vu qu'une seule malheureuse cravate, celle du type qui se vantait d'avoir une maladie orpheline et qui voulait sauver sa peau, quitte à nous piétiner. Et puis le gentilhomme autrichien, aux yeux fermés, à notre gauche, il a des bretelles élastiques qui feraient bien l'affaire.

— OK, OK, je vois...

Mon mari perd la tête. Se prendrait-il pour un héros de série ?

Il faudrait que je lui rappelle qu'il était radiologue, pas très habile de ses dix doigts, et le plus souvent assis devant sa console. Si jamais ça devait mal tourner, ces terroristes seraient abattus ou fuiraient, et les blessés seraient pris en charge par les collègues compétents de l'hôpital et les réanimateurs. Nul besoin de nous.

— N'aurais-tu pas forcé la dose sur tes unités d'insuline ce matin ? Tu ne voudrais pas vérifier ta glycémie ? articule-t-elle sans prononcer un son.

Ça serait le pompon s'il nous faisait une hypoglycémie. Il n'était pas très en forme quand ça lui est arrivé le mois dernier. Il n'a pas dû oublier. Il a commencé par me raconter n'importe quoi, et puis il a sombré dans une profonde léthargie. Il m'a fait une de ces peurs !

Encore une chance que ma voisine ait tout ce qu'il faut pour faire remonter une glycémie un peu basse. Un monceau de sucreries dépasse de son sac. Il ne faudrait pas qu'il hésite à lui demander un gâteau ou un morceau de nougat en cas de malaise.

Il pourrait avoir pitié de moi et m'épargner ce souci supplémentaire ! On a suffisamment de stress à gérer avec ces hommes aux mines patibulaires.

« Fais-moi plaisir, pique-toi le doigt », veulent dire ses mimiques très éloquentes. Et, pour être sûre de s'être bien fait comprendre, elle tapote la pulpe de l'index gauche avec son index droit jusqu'à ce qu'il opine du menton.

J'ai compris ce qu'elle veut. Elle pense que je déraille et se demande si ce n'est pas le signe annonciateur d'une hypoglycémie. Très drôle ! Sois tranquille, je ne divague pas plus que d'habitude.

Elle se fait insistante.

Qu'il vérifie sa fichue glycémie, que je sois tranquille si tant est qu'on puisse l'être quand on est séquestré.

10

Les sœurs espagnoles

Découvrant les sœurs espagnoles qui lui font de l'œil depuis le début de la prise d'otages, Claire se sent frémir de la tête aux pieds.

Mon Dieu, faites en sorte qu'elles se tiennent tranquilles!

Elles sont arrivées, comme c'était prévisible, beaucoup plus tôt que nécessaire car leur rendez-vous n'était programmé qu'en fin de matinée.

Claire ne soigne que l'une des deux mais les connaît aussi bien l'une que l'autre. Elles ne sont ni siamoises ni même jumelles. Elles sont simplement deux sœurs inséparables.

L'aînée, qui n'est pas sa patiente, aime tenir le devant de la scène. Elle vit à Paris depuis son mariage. Elle y a élevé deux enfants désormais adultes et parents eux-mêmes maintenant. C'est une jeune grand-mère qui a eu ses enfants tôt, à l'âge de 18 et de 20 ans. Quand elle y réfléchit, Claire ne sait pas grand-chose du mari qui vit entre Paris et Oviedo depuis quelques années, et de plus en plus en Espagne, dans la maison qu'il est en train de retaper. Les deux sœurs, qui n'ont pas plus de goût pour le jardinage que pour le bricolage, n'y séjournent qu'au mois d'août quand Paris se vide.

Ce qui les intéresse, ce sont les potins, et notamment ceux du service de cardiologie. Toujours à l'affût, elles en grappillent à l'accueil quand elles se présentent, dans le box où sont enregistrés les électrocardiogrammes et bien sûr dans la salle d'attente où elles prient le ciel que le médecin ne les appelle pas trop vite. Claire coupe toujours court à leurs questions sur sa vie privée, son mari, ses quatre filles, pour consacrer l'essentiel de la consultation à l'examen médical de la sœur cadette, sa patiente.

L'épaisseur du mur qui sépare le box de consultation de la salle d'attente ne suffit pas toujours à étouffer leurs éclats de voix. Ce brouhaha qui perturbe la consultation l'avertit sur-le-champ de leur arrivée. À peine assises, le sac à main posé sur les genoux, elles entreprennent leurs voisins pour discuter des maladies des uns et des autres et de la valeur comparée des médecins du service, raison pour laquelle Claire est très vigilante à ne pas les laisser attendre trop longtemps. Quand elle est en retard, ce qui est la règle, elle n'hésite pas à tricher en les faisant passer avant leur tour. Que dire de plus ? Qu'elles viennent toujours les mains pleines. Leurs cabas regorgent de paquets de tourons, ces fameux nougats espagnols à ne surtout pas mettre sous toutes les dents, et, selon l'humeur du jour, elles peuvent sortir de leurs sacs rebondis aussi bien des boîtes de chocolats ou de gâteaux que du thon en conserve. Personne n'est oublié, infirmières, aides-soignantes et tous les médecins auxquels elles ont eu affaire, un jour ou l'autre.

La cadette, sa patiente, avec ses quelques années de moins et ses quelques bons kilos de plus, jalouse la faconde de son aînée. Mais elle a beau se donner du mal pour s'affirmer, rien n'y fait, l'aînée a toujours la fâcheuse manie de lui couper la parole à tout moment et à tout propos, soit pour répondre à sa place, soit pour la contredire, pour ne pas dire l'engueuler. C'est plus fort qu'elle. Plus d'une fois, Claire, exaspérée, lui a montré du doigt la porte du box, ce qui ne l'a pas fait taire, bien au contraire.

— Vous sentez-vous toujours essoufflée depuis qu'on a augmenté les doses de votre médicament diurétique ? À combien d'étages vous sentez-vous essoufflée ?

— C'est un peu mieux, *la Doctora*. Mais qu'est-ce que vous croyez, on n'habite pas n'importe où, nous. C'est un trois-pièces avec un ascenseur. Jamais de panne ! Le technicien, il vient tous les six mois faire la révision, comme vous faites avec ma sœur, *la Doctora*…

Claire met le holà.

— Vous êtes insupportable, Madame, ce n'est pas à vous que je pose la question, c'est à votre sœur.

— Ah mais, *la Doctora*, c'est que mon cœur va faire les *setenta años*, alors allez-y, vous pouvez m'interroger moi aussi.

Les deux sœurs pomponnées vont à l'hôpital comme elles iraient à un cocktail ou à un vernissage, à un endroit où l'on est susceptible de rencontrer du monde et où il est de bon ton de parler un tant soit peu de tout et de n'importe quoi. Il ne leur viendrait surtout pas à l'idée d'engager une discussion un peu sérieuse sur la cardiopathie de la plus jeune, évolution, pronostic… À un médecin qui demanderait à la sœur malade de quoi elle souffre, la sœur, l'aînée, la bien portante, répondrait à sa place : « Elle est très malade et c'est à cause du cœur, mais elle va bien maintenant parce qu'elle est très bien soignée par *la doctora*. »

Demain, ce sera le jour du marché, jeudi, ce sera coiffeur, parce que jour de la nocturne, donc jour le plus animé de la semaine. Elles ne manqueront pas de raconter aux coloristes, shampouineuses et autres coiffeuses l'essentiel de la consultation.

Jamais une consultation n'aura été aussi palpitante! Les sœurs en ont le souffle coupé. Estomaquées, elles en restent pour une fois sans voix. Comment doivent-elles se comporter? Elles n'en ont pas la moindre idée. Elles auraient aimé se joindre à un chœur de pleureuses, mais personne ne bronche. Ils se sont tous figés comme des statues et tus, alors elles ont fait de même. Leur peur initiale, ravivée quand l'Orphelin a été remis à sa place, se meut très vite en une excitation débordante qu'elles ont beaucoup de mal à contenir. Se rendre à une consultation est déjà en soi une bonne sortie, alors quand s'y ajoute une prise d'otages dont elles font partie, ça dépasse tout! Toutes les voisines sans exception vont en baver d'envie. N'osant pas parler, elles communiquent par petits coups de coude et se comprennent au quart de tour. Quand l'une pointe du doigt le sac gonflé de tourons, l'autre acquiesce avec enthousiasme.

Aujourd'hui, on a un ribeiro de Galice en plus du nougat, et un bon, je crois. J'espère que la bouteille ne sera pas cassée si ça tourne mal. Ne serait-ce pas une bonne idée de leur donner du nougat pour les amadouer, ou la bouteille pour les faire boire et pouvoir ensuite tous se sauver?

Elle interroge en silence sa sœur en lui montrant du menton le nougat et la bouteille.

— Pose la question à la doctoresse, chuchote son aînée en pointant le médecin, avant de marquer un temps de réflexion et de secouer la tête.

Non, je suis vraiment bête et elle, ma sœur, elle ne réfléchit pas plus loin que le bout de son nez! S'ils s'enivrent, ils pourraient devenir très dangereux. On ne sait plus ce qu'on fait quand on boit, alors j'imagine qu'avec une arme on peut même tuer des gens. Le fils de la coiffeuse, il a bu et après, il a tué avec son fusil de chasse le chien des voisins, qui aboyait et l'empêchait de dormir. En plus, je n'y avais pas pensé, et si c'était des musulmans ? Les musulmans ne boivent pas d'alcool... C'est écrit dans le Coran.

Elle penche vers sa sœur et, au risque de recevoir à son tour les foudres des terroristes, elle lui chuchote : « Alors vas-y, donne-leur à chacun un gros morceau de touron. Tu coupes chaque barre en deux. »

— T'es sûre que c'est pas ramadan ? lui réplique la sœur cadette.

— Sûre, oui. C'est l'épicier arabe, celui qui fait le coin, à côté du bureau de tabac, qui m'a dit qu'on ne connaissait pas encore le jour exact de début du ramadan de cette année, mais que ça n'allait pas tarder. Dépêche-toi un peu !

— Non, je ne peux pas, vas-y toi-même, moi je suis malade, et puis c'est toi l'aînée.

Ils me font trop peur tous les deux. Je n'oserais même pas m'approcher. Qu'elle y aille elle-même, ma sœur, si elle tient tellement à leur donner des friandises. Moi, je n'irai pas.

— Apporte le touron au plus vieux des deux. Il a l'air moins méchant.

Elle peut me dire tout ce qu'elle veut, c'est non.

Les sœurs sont hésitantes. Elles s'enfoncent dans leur chaise en utilisant le sac rebondi qu'elles ont calé entre elles deux comme accoudoir.

(L'aînée) *Elle a toujours été peureuse. Notre père disait que j'étais son fils, que j'aurais dû être un garçon, même s'il ajoutait que j'étais trop bavarde pour en être un. Ma sœur me reproche toujours de commander mais, si je ne prenais pas les décisions, on ne ferait jamais rien. Si on a la chance d'être là aujourd'hui, le jour de la prise* d'otages, c'est quand même grâce à moi. C'est moi qui lui ai pris son rendez-vous avant les vacances, pour qu'on soit tranquilles cet été en Espagne.

Il fait chaud en ce moment en Galice. Si le beau temps tient toujours, on pourra organiser un apéritif sur la terrasse pour raconter « les terroristes ». Il y a beaucoup plus de place qu'à l'intérieur de la maison. Sinon, on se tassera dans le séjour et on poussera la table contre le mur. Il ne faudra pas non plus oublier le beau-frère, sa femme et tous leurs enfants.

(La cadette) Une chance qu'on soit allées chez le coiffeur jeudi dernier. Quand les journalistes arriveront tout à l'heure, on n'aura plus qu'à se donner un petit coup de peigne. Ma sœur, elle exagère quand même. Les corvées, c'est toujours pour moi. Elle, c'est la patronne. Elle donne ses ordres, et moi, il faut que j'obéisse. D'habitude, je ne dis rien, mais là, pas question. Elle peut dire ce qu'elle veut, je ne céderai pas. Je couperais bien un petit morceau de touron pour le vieux monsieur tout maigre qui est assis à côté de nous. Ça lui ferait du bien, et puis un autre pour la doctora. C'était quand même pour elle, tous ces cadeaux. Et la bouteille, on pourrait la faire passer à tout le monde sauf aux terroristes. Après tout, c'est un remontant. On va en avoir besoin. On ferait comme à la messe. On boit une gorgée, on essuie et puis on passe au voisin. Le problème, c'est que je ne sais pas comment l'ouvrir. Le terroriste, il a sûrement un couteau sur lui. Mon neveu, celui qui a fait des études de médecine, il raconte qu'on ouvre les bouteilles avec un couteau en salle de garde à l'hôpital. Je ne sais pas si c'est vrai parce que mon neveu, c'est un baratineur.

11

Claire

Claire respire profondément pour se calmer et réfléchir. Elle a l'estomac tellement noué qu'elle a l'impression de ne même plus pouvoir respirer. Elle sait que la peur, comme la douleur physique d'ailleurs, est beaucoup plus facile à supporter quand on réussit à l'analyser sous toutes ses coutures. Claire s'applique à amadouer sa peur en la décortiquant.

Craint-elle de mourir ? À force de côtoyer la mort au quotidien, elle y a souvent réfléchi et pensait jusqu'à ce matin ne pas la redouter plus que ça. La déchéance physique et morale et la souffrance, oui bien sûr, c'est terrible, mais la mort ?

C'est plutôt l'incertitude de son sort et de leur sort à tous ici qui la tétanise. Ne pas savoir ce qu'il se passe et, de ce fait, imaginer le pire de ce qui pourrait leur arriver, c'est ça qui la fait trembler. Quelles sont les intentions des hommes qui les maintiennent prisonniers ? Qui sont-ils et que veulent-ils obtenir ? Leur sort est-il en train de se jouer, là, maintenant, entre les mains d'un médiateur ? Vont-ils tous être abattus les uns après les autres ? Ils ont déjà eu à deux reprises un avant-goût de la violence des ravisseurs. Quand elle repense aux scènes qui viennent de se dérouler sous ses yeux, Claire ne donne pas cher de sa peau, si la situation devait mal tourner.

Songeant aux salles d'attente des hôpitaux, elle se demande soudain combien de centaines de patients s'y sont rongé les sangs, redoutant le verdict d'une biopsie, d'une IRM ou d'un PET-scan, mots terrifiants qui peuvent sonner le glas et faire basculer la vie d'un malade et celle de sa famille. Leur angoisse est-elle comparable, moindre ou d'une tout autre ampleur ? Ils pouvaient, eux au moins, se reposer sur leurs médecins, croire aux avancées des thérapeutiques et faire confiance.

Claire se sent tendue malgré elle et furieuse de ne pouvoir aider davantage ses patients.

12

« Les Sportifs »

Ils ne passent pas inaperçus. En fait, ce sont leurs pieds qui ont attiré l'attention de Claire et pour cause, ils ont chaussé des baskets fluo pour faire le trajet jusqu'à l'hôpital Cochin. Dans d'autres circonstances, ce détail aurait amusé Claire. Aujourd'hui, non, ça ne la fait pas rire du tout.

En les dévisageant, elle prend conscience que c'est bien la première fois qu'elle les voit ensemble à l'hôpital. Ils mènent chacun leur vie de malade. L'un lui signale parfois, à l'occasion de sa visite semestrielle, le passage prochain de l'autre et en profite pour lui donner des nouvelles ou lui raconter quelque anecdote à son sujet. Mais aujourd'hui, et ce n'est pas de chance pour eux, ils ont tous les deux rendez-vous. Lui pour sa consultation, et elle pour qu'on lui pose un appareil holter qui enregistre le rythme cardiaque sur vingt-quatre heures.

Ils sont fans de sports de glisse et, de ce fait, excellents skieurs l'un comme l'autre. Quand Claire a émis des réserves pour le ski, lui l'a assurée n'être jamais tombé de sa vie et en a même exclu toute possibilité. Elle a tenté, mais sans aucun succès, de lui faire comprendre qu'il est très dangereux de dévaler les pistes quand on prend des médicaments anticoagulants, *a fortiori* sans casque, et qu'en cas de chute on risquait un hématome cérébral dont les conséquences sont quasiment toujours désastreuses. Il l'a écoutée avec son gentil sourire, mais les propos alarmistes de sa cardiologue ne l'ont pas ému plus que ça.

Son épouse s'est fusillé les genoux sur des murs de bosses. Peu importe qu'elle n'ait plus de cartilage et qu'elle ne soit plus toute jeune, elle ne se résout pas à abandonner. Les champs de bosses des pistes noires sont sa raison de vivre. C'est vraiment dommage que le ski de bosses n'ait pas été une épreuve olympique dans sa jeunesse, car elle aurait fait un malheur.

En dehors de cette passion commune, ils sont fondamentalement différents. Inquiet et pessimiste, ce charmant vieux monsieur, un ancien ingénieur, redoute toujours le pire. Comme il ne veut surtout rien laisser transpirer de son stress, il minimise ses symptômes mais n'oublie jamais de réclamer, en plus de son traitement cardiologique, des somnifères. Et, plutôt que de se plaindre de ses soucis de santé, il préfère raconter ses croisières passées, ou à venir, après la fonte les neiges, pour ne rien rater de la saison de ski. Leur fils, danseur étoile, est un deuxième sujet de discussion inépuisable. Ils sont allés avec son épouse l'applaudir avant qu'il ne prenne sa retraite, la petite quarantaine venue, sur toutes les grandes scènes du monde.

Elle, contrairement à son mari, a un moral et des muscles de fer. Elle ressemble, se dit Claire, à Fifi Brindacier, l'héroïne des romans suédois pour enfants. Elle est tout aussi intrépide, forte et joyeuse que Fifi. Pour pouvoir affronter à son âge les murs de bosses, il n'y a pas de secret, il faut s'entretenir, ce qui signifie pompes et tractions à longueur de journée et en tous lieux. Rien ne l'inquiète, il en faudrait beaucoup pour l'ébranler.

Son optimisme fait le pendant au pessimisme de son mari. La vie est belle, son fils est merveilleux et ses petites-filles ont toutes les qualités du monde. Les croisières sont formidables, et les petits bobos qui, tout du moins pour son mari, sont de très gros bobos, on préfère les oublier. S'y appesantir ne servirait à rien. Souvent, elle le brusque un peu et le regrette quand elle se souvient de son âge et de la gravité de sa maladie cardiaque.

Ainsi titillé par son épouse très remuante, il retrouve son punch d'autrefois et épluche alors avec gourmandise les catalogues des agences de voyage. Cette année, ce sera le Vietnam. La vie ne peut être croquée qu'à pleines dents et avec appétit.

Elle a tellement souri d'exultation tout au long de sa vie que ses rides d'expression, fixées au niveau des tempes, lui donnent maintenant l'air de rire en permanence.

Lorsqu'on questionne le mari à propos des murs de bosses de son épouse, son visage émacié s'illumine tout à coup, et il répond, pas peu fier : « De plus en plus pro. »

Les Sportifs mettent un point d'honneur à se tenir bien droit sur leurs chaises.

(Lui) *Je devrais tout de même proposer ma place au médecin. Je suis confus de la voir assise par terre. Comment m'y prendre ? Elle m'a fait des gestes éloquents de dénégation quand je me suis levé en lui montrant du doigt la chaise vide.*

(Elle, Jeanine) *Il faudrait un jour que je lui enseigne la position du lotus. Ce n'est pas parce qu'on est assis par terre qu'on doit se tenir si mal ! Elle devrait le savoir puisqu'elle est médecin. Très mauvais pour la colonne. Je pense qu'elle aurait du mal avec la position du lotus. Pas assez souple !*

(Lui) *Jeanine va penser que je lui porte la poisse. Elle était si gaie ce matin au réveil quand elle m'a dit que c'était la première fois que nous avions RDV ensemble. Ce sera sans nul doute la dernière fois, que ce soit ensemble ou chacun de notre côté.*

(Elle) *Ça m'a fait plaisir qu'on vienne tous les deux. Je ferai en sorte que nos consultations puissent toujours coïncider. Quand ils nous auront libérés, j'irai nous reprendre rendez-vous dans six mois, ce qui fait... Octobre, non, plutôt novembre. Il faudra que je vérifie à quelles dates tombent les vacances de la Toussaint, car on aura certainement les petites.*

(Lui) *Que vont-ils faire de nous? Quelles sont leurs revendications? Ils ne nous ont encore rien dit. Ce sont des durs. Ça se voit tout de suite. Ils n'hésiteront pas à se servir de leurs armes. On devait retrouver les petites après le déjeuner, car leurs instituteurs font grève. Nous avions prévu avec Jeanine de faire un mix de Jardin d'acclimatation et de fondation Vuitton. Si on n'arrive pas à temps à l'école, ils vont appeler notre fils, qui va s'affoler. Il tient de moi, le pauvre. Et ne réussissant pas à nous joindre il va imaginer le pire, qu'on est hospitalisés à Cochin pour quelque chose de grave. Il faut dire que c'est un peu ce qui nous arrive! En organisant hier soir la sortie des filles, on a peut-être eu tort de lui signaler nos convocations à l'hôpital.*

(Elle) *Pour les petites, ce n'est pas bien grave, l'école va téléphoner à notre fils qui comprendra que la consultation a traîné. Ce n'est pas la première fois et ce ne sera pas la dernière qu'elles resteront avec les autres à la garderie. Elles n'y seront certainement pas malheureuses avec leurs copines. Ce n'est pas grave, on compensera par une sortie ce week-end. On ira chez Bertillon. Pour moi, ce sera, comme toujours, une boule caramel gingembre, et une boule à la rhubarbe, non plutôt nougat au miel.*

(Lui) *Jeanine est incorrigible. In-con-sciente. Je la soupçonne de faire sa gym. Elle fait semblant de ne pas me voir. Elle va se faire remarquer. Dans ces circonstances, mieux vaut faire profil bas. Comment lui faire cesser ses pitreries. Elle est insupportable.*

(Elle) *Quarante-huit, quarante-neuf et... cinquante et j'expire complètement. C'est une méthode très efficace pour travailler les abdominaux, incognito. Au tour des triceps maintenant. Il faut bien que je me prépare à prêter main-forte. À cause de l'heure très matinale de nos rendez-vous à Cochin, je n'ai pas fait ma gym. En général, je vais à l'hôpital à pied, marche nordique rapide, avec ou sans bâtons. L'exercice est plus complet quand on se sert des bâtons. On a pris le bus ce matin parce que mon mari s'essouffle vite. Je le trouve un peu poussif, ces derniers temps. Je l'aurais signalé au médecin si nous avions eu notre consultation. Pour les bras, c'est terminé. Quant aux jambes, on verra ça plus tard. J'aurais bien trop peur que mes genoux maltraités qui grincent à l'effort n'attirent l'attention. Ah, si je pouvais m'élancer sur le mur le plus raide de tous, celui de la Face, ma piste fétiche à Val-d'Isère, une noire, plutôt que d'être enfermée ici dans cette salle sinistre!*

Jeanine ferme les yeux pour se sentir swinguer avec grâce autour des bosses de son mur favori sous le chatoiement du soleil et accompagnée par le crissement d'une neige parfaite sous la spatule de ses skis.

(Lui) *Ce n'est plus possible. Il faut que je calme les ardeurs de Jeanine. Elle s'est tournée pour s'entraîner. Je la vois contracter puis relâcher ses muscles, les uns après les autres. J'espère seulement que ce n'est pas dans l'intention de mettre son grain de sel. Avec elle, on peut s'attendre à tout. Elle m'étonnera toujours. Avoir une femme hyperactive n'est pas reposant. Trop tard, le molosse l'a remarquée, il se lève. Pourvu qu'il ne lui fasse pas de mal!*

Il se met debout pour s'interposer entre sa femme et le terroriste.

La brute armée se redresse, le plaque sur son siège sans ménagement, et, en une enjambée et un rugissement, il vient se planter devant Jeanine. Il saisit des deux mains sa chaise, la soulève comme s'il voulait l'écraser contre le plafond et la secoue avec une violence inimaginable. La chaise retombe avec fracas au sol. Il regagne son poste devant la porte, non sans avoir frappé de deux coups de bottes rageurs les pieds du siège. « Ça suffit, je l'répéterai pas deux fois », hurle-t-il d'un air mauvais avant de reprendre ses allers et retours devant la porte, les yeux rivés sur sa montre gadget.

Jeanine, toujours agrippée à sa chaise, déglutit avec peine. La brusquerie du malfrat l'a sidérée. Elle pensait être discrète pourtant et, à son avis, il n'y avait pas de mal à se bouger! Elle évite de croiser le regard de son mari et, tremblante, elle se fait toute petite. Elle aimerait rentrer sous terre pour se faire oublier. Elle s'en veut terriblement d'avoir déclenché la colère de leur tortionnaire en gigotant de la sorte. C'est juré, on ne l'y reprendra plus. Elle va se tenir à carreau. Promis! La douleur cervicale qui lui pourrit la vie et qui l'avait laissée tranquille ces derniers mois s'est réveillée sous le choc.

Les patients, crispés, ont tous senti leur sang ne faire qu'un tour. Les chuchotements et soupirs se sont immédiatement arrêtés. S'ils en veulent à la Sportive, ils ne le montrent pas. Ils se font de plus en plus rabougris dans le secret espoir de ne pas attirer l'attention des malfaiteurs.

13

Claire

Claire ressent une violente nausée. Le jus d'orange du matin, qui n'est toujours pas passé, joue au bilboquet dans son estomac. La violence lui fait toujours très peur. Très jeune, elle y a été confrontée pendant ses gardes aux urgences. On peut tout redouter d'individus qui tiennent plus de la bête que de l'humain. Au cinéma, il lui arrive de se cacher au fond du fauteuil et d'attendre, les yeux fermés et les mains crispées sur les accoudoirs, que la scène insoutenable à ses yeux se termine, au risque de perdre le fil de l'histoire.

Dans toute cette tourmente, où en étais-je ? Les infirmières m'ont bien signalé ce matin qu'un prisonnier était attendu pour un test d'effort et qu'Hadrien, notre jeune chef de clinique, s'en chargerait. Du coup, je savais aussi que mes patients iraient s'installer plus loin dans la grande salle d'attente située à l'écart. Comment ne pas faire le lien entre cette prise d'otages et le passage d'un détenu dans l'enceinte de l'hôpital ?

Ils sont parqués entre quatre murs depuis presque une heure maintenant et sans la moindre visibilité sur leur sort. Elle envie ses malades qui se sont déplacés en couple et qui peuvent s'épauler.

Il faut savoir ce qu'on veut. Puisqu'elle revendique à l'hôpital son espace de liberté bien à elle, auquel son mari et ses enfants n'ont accès qu'à son bon vouloir, c'est donc à elle de gérer cette situation hors du commun et les angoisses qui en découlent.

Elle a la présomption, pour ne pas dire la certitude, que son mari ne survivrait pas s'il lui arrivait, à elle, quelque chose. Elle ne peut pas lui faire ce sale coup.

L'inverse serait-il vrai?

Pour ses filles, ce ne serait pas pareil. Le courant de la vie est tel qu'elles s'en remettraient plus ou moins rapidement.

Son mari lui reproche souvent de prendre ses désirs pour des réalités et de penser que les faits se plieront toujours à sa volonté. Il se moque de son optimisme sans faille. Elle s'en sortira aujourd'hui, elle n'en doute pas un instant, il ne peut pas en être autrement.

14

« Le Patriarche »

Discrets, « le Patriarche » et sa femme se sont réfugiés au fin fond de la salle d'attente, ce qui explique que Claire ne les avait pas encore repérés. C'est chose faite. Elle aimerait les rassurer. Mais que pourrait-elle leur dire ? Elle n'en sait pas beaucoup plus qu'eux et, tout en essayant tant bien que mal de le cacher, elle est tout aussi terrifiée.

Et d'ailleurs, personne n'ose plus ouvrir la bouche. Claire ne perçoit que ses propres battements cardiaques toujours aussi rapides et qui lui semblent faire écho dans toute la pièce.

Dans la tribu tunisienne du Patriarche, on ne rigole pas avec l'autorité du chef de famille. Le père règne en despote sur tous les siens. Les enfants ont eu du mal, mais ont fini après de nombreux conflits par vivre comme ils l'entendaient. La mère est restée seule avec le père et, même si les enfants protecteurs ne sont pas loin, elle vit ça durement. Un époux se fait servir. Il donne des ordres et on lui obéit. Un point c'est tout.

S'il demande, en fin de consultation, à sa cardiologue d'ajouter un médicament qu'elle juge inutile sur son ordonnance, elle refusera.

Il va insister :

— Tu mets.

Et Claire de lui répondre :

— Non, ce médicament ne vous servirait à rien.

Il baissera la tête et n'insistera pas.

Sa femme n'a jamais su lui dire non. Soumise, elle a toujours tout accepté en silence et sans jamais se plaindre. Elle a travaillé toute sa vie comme agent d'entretien dans un aéroport, en élevant ses quatre enfants. Elle a fait tampon entre son mari, père irascible et intransigeant, et leurs enfants. Elle a beaucoup souffert quand le père a claqué la porte à sa fille aînée qui fréquentait un « Blanc ». Et c'est en cachette qu'elle a craqué au bout de quelques années et qu'elle a repris contact avec sa fille, en tremblant à l'idée que son mari ne l'apprenne. Tout est oublié maintenant, et le Patriarche a fini par accepter son gendre…

Une fois retraitée, elle s'est occupée de ses petits-enfants jusqu'à ce qu'ils soient en âge d'aller à l'école, puis elle les a gardés les mercredis après-midi et pendant toutes les vacances scolaires. Elle n'a jamais eu un moment pour elle et elle serait même incapable de le concevoir. Elle est maintenant bien fatiguée, usée par les ans, la maladie, le travail et les soucis. Elle craint son mari et redoute ses sautes d'humeur de plus en plus fréquentes, ne supportant pas de se voir rabougrir avec la vieillesse.

Pour lui, la règle est simple : la femme sert l'homme, c'est dans l'ordre des choses. Il ne lui viendrait pas à l'idée de lui parler gentiment, et encore moins de la remercier. Elle est lasse et malade. On l'a opérée du cœur. Elle ne peut plus lutter toute seule. Elle se plaint en cachette à ses enfants et à ses médecins. Ses filles très proches la réconfortent. Son fils supporte mal de la sentir si vulnérable. Il fait ce qu'il peut pour la protéger, mais, dans la tradition ancestrale, le père auquel on doit obéissance reste jusqu'à sa mort le chef de la famille. Ses enfants ont supplié Claire de parler au père, pensant sans doute qu'il l'écouterait davantage. Elle lui a expliqué que, s'il voulait garder sa femme longtemps, il fallait la ménager. Il l'a écoutée et a grommelé dans sa moustache.

Ils sont venus sans rendez-vous ce matin, juste pour faire renouveler leur ordonnance. Il n'y a pas moyen de leur faire comprendre qu'en dehors d'une urgence, les consultations se prévoient à l'avance. Il va expliquer à Claire qu'ils partent deux jours plus tard en Tunisie pour y rester plusieurs mois, qu'ils n'ont plus de médicaments et que le pharmacien ne veut rien leur avancer.

« On part au bled, alors tu marques qu'il faut qu'on nous donne les médicaments pour trois mois d'un coup. »

Claire se dit, pendant une fraction de seconde, qu'il a ce qu'il mérite et que se retrouver dans cette galère lui servira de leçon. Puis elle s'en veut terriblement que de pareilles pensées aient pu lui traverser le cerveau.

Les enfants ont forcé le père à partir seul l'été dernier pour que leur mère puisse souffler un peu. Cinq jours plus tard, il la faisait venir. Apprendre à préparer un repas et à laver son linge, il a passé l'âge. Elle a obtempéré et est partie le rejoindre.

Durant la consultation, solidement calé contre le dossier de son siège, il déplie les jambes, comme il le ferait dans un café pour siroter son verre de thé ou pour fumer la chicha. Sa femme s'installe toujours en retrait. Elle est restée très belle. Visage lumineux, ovale parfait et sourire empreint de beaucoup de douceur. Elle a certainement cajolé ses enfants et petits-enfants, en leur chantant de douces et belles berceuses.

Le chef de famille, bien plus furieux que paniqué, rumine dans sa barbe.

Ils toucheront pas un seul cheveu de ma femme. Faudrait qu'ils m'marchent sur le corps d'abord. La femme, c'est sacré. Ils peuvent pas lui faire du mal. Les maris protègent leurs femmes. Fumiers, j'vous jure, et après, on dit que c'est nous les terroristes! Eux, ce sont pas des musulmans, ce sont des fumiers de terroristes.

— Quel malheur, soupire-t-elle!

Et elle se cache le visage derrière les paumes de ses mains pour pleurer en cachette.

Mon mari serre les poings. Je vois ses doigts tout blancs comme quand il va se mettre en colère et qu'il essaye de se retenir avant que la colère, elle éclate comme le tonnerre. Et quand il est en colère, mon mari, il peut tout casser.

Elle tremble en silence.

Qu'il ne se mette pas en colère! Qu'il ne se mette surtout pas en colère!

Ils la font trembler. Ils n'ont pas le droit de faire peur à ma femme comme ça!

Il fait grincer ses dents.

Il faut que je la défende, ma femme.

S'il bouge, ils vont le tuer avec leurs fusils. Si les enfants étaient là, ils pourraient le calmer. Moi, je ne peux pas, il me fait trop peur quand il s'énerve comme ça, je n'ai jamais su le calmer.

La pauvre, elle va pleurer. Si elle pleure, je me lève et je frappe. Je l'jure sur la tête des enfants.

Il se redresse !

— Ne bouge pas, reste assis, le supplie-t-elle, terrifiée. *Ils vont me le tuer, mon mari.*

— J'étais fort, j'avais peur de rien dans les bagarres quand j'étais au bled ! se souvient-il en secouant la tête avec regret.

Il avait gagné deux fois la médaille de bronze de matchs de boxe au Caire, puis à Oran. C'était du temps où il faisait partie de l'équipe nationale tunisienne junior de boxe.

Maintenant, je suis vieux. Ah, le fils, il pourrait défendre la mère, lui. Il est aussi fort que moi quand j'avais son âge. Quand on sera sortis d'ici, on partira au pays tout de suite, ma femme et moi. Je demanderai au fils qu'il nous prenne, à sa mère et à moi, des billets sur Internet. Au bled, on sera bien avec les beaux-frères et les cousins. Ma femme, elle sera tranquille et elle n'aura plus peur. Au bled, la peur, on ne connaît pas.

15

« Mon oncle et ma tante »

Au fond de la pièce que Claire balaie méthodiquement du regard sont assis « mon oncle et ma tante ».

Lorsque sa secrétaire lui avait demandé de recevoir en consultation son oncle qui n'était pas « contente » de ce que lui proposait son cardiologue habituel, Claire avait accepté très volontiers de le prendre en charge.

— Qu'il vienne quand ça l'arrange, et je ferai en sorte de le voir entre deux patients.

— Je te remercie. « Elle » viendra avec ma tante.

— Attends un peu, je ne te suis plus. Qui dois-je voir, ton oncle ou ta tante ? Je peux les recevoir tous les deux, si tu le souhaites.

— C'est « mon oncle » qui est la femme de ma tante.

Quelques explications un peu gênées de sa secrétaire lui avaient été nécessaires pour comprendre la situation. Non sans peine, en bafouillant un peu, et en rougissant beaucoup, elle lui avait expliqué que la patiente qui demandait à être reçue était en fait la compagne pacsée de sa tante, elle-même sœur de sa mère. Celle qu'elle appelait « mon oncle » était donc un oncle par alliance et de sexe féminin.

Mon oncle est costaud. Il avait été difficile à Claire de lui donner un âge d'un simple coup d'œil : quinqua, sexagénaire ? Chemise Lacoste jaune rentrée dans un pantalon en flanelle aux plis et revers fraîchement repassés. Décontractée, elle retenait du crochet de l'index un blazer bleu marine classique sur l'épaule. Elle avait salué Claire d'une poignée de main virile. Après avoir suspendu avec soin la veste de ma tante à l'une des patères prévues à cet effet et déplié son propre blazer sur le dossier du fauteuil, mon oncle était « entrée » directement dans le vif du sujet. Sans fioritures, elle lui avait exposé l'essentiel de son histoire cardiologique et le pourquoi de sa visite : début d'infarctus. Les médecins avaient longtemps cafouillé avant de se décider pour la coronarographie. Mécontente de cette prise en charge, elle avait perdu confiance. Elle avait récupéré non sans peine l'ensemble du dossier et avait souhaité que Claire reprenne tout à zéro. Toute seule, elle avait rénové, peu de temps avant la crise cardiaque, ses sanitaires, la plomberie, l'électricité et le carrelage. Y avait-il eu relation de cause à effet entre la crise cardiaque et les travaux de force qu'elle avait entrepris ? La conversation avait ensuite dérivé sur sa passion : la sculpture du marbre brut. Elle avait voulu savoir s'il était bien raisonnable de continuer, maintenant qu'elle était devenue cardiaque.

Serait-il plus prudent d'y renoncer complètement, ou bien d'attendre encore quelques mois ? Ou, carrément, lui fallait-il basculer sur un autre matériau, le bois par exemple, ou bien le plâtre, moins difficiles à travailler, exigeant moins d'efforts physiques ?

Bien des années plus tard, alors qu'elle était convoquée pour une courte hospitalisation, mon oncle s'était présentée en traînant derrière elle une valise énorme.

Claire avait toujours pensé, mais sans être allée le vérifier, qu'elle y avait rangé de jolis petits blocs de marbre bien polis, un burin et son marteau, histoire de ne pas se morfondre dans sa chambre d'hôpital. Quand nous mettons un pied à l'hôpital, nous savons que nous y séjournerons peut-être bien plus longtemps que prévu.

Mon oncle avait traîné sa compagne un peu réticente chez Claire. Elle n'était pas vraiment soucieuse de son état de santé, peu préoccupant il est vrai, mais elle souhaitait se le voir confirmer.

Ma tante est blonde et permanentée. Toujours impeccable, elle se maquille un peu pour l'occasion. Soupçon de poudre de riz et de fard à paupières.

Elles consultent depuis tous les six mois, l'une, mon oncle, pour se faire soigner, l'autre, ma tante, pour vérifier que tout va toujours aussi bien. Elles viennent en train de Rambouillet, en ayant soin de demander des rendez-vous en fin de matinée ou en début d'après-midi. Toujours attentionnée, mon oncle relit systématiquement l'ordonnance de ma tante, en faisant répéter le nom des médicaments et leur posologie. Mon oncle ne se permet jamais d'intervenir quand Claire questionne ma tante sur ses symptômes. Elle se tourne pudiquement quand elle la fait se dévêtir pour l'examiner. Et elles sortent toujours enchantées de leur consultation, si l'on en juge par les effusions et surtout par les retombées, avec un recrutement de malades en provenance de la ville de Rambouillet qui croît de façon exponentielle.

Depuis combien de temps sont-elles ensemble, et comment leur mode de vie a-t-il été accepté dans une petite ville de province où tout se sait et où tout est commenté et jugé ? Elles ne l'ont pas raconté à leur cardiologue, qui a l'intime conviction que tout n'a pas toujours été très simple.

Claire avait proposé à mon oncle de participer à un protocole de recherche clinique. Elle lui avait envoyé les papiers explicatifs pour qu'elle puisse les examiner à tête reposée. Mon oncle avait retourné le feuillet signé avec le petit mot suivant :

« Chère Docteure,

Vous pouvez compter sur moi. Nous y avons bien réfléchi avec ma compagne. Nous vous faisons entièrement confiance et si je peux modestement aider la science, j'en serais très fière. J'ai bien noté la date du 4 avril. J'aurais sans doute quelques questions à vous poser pour m'assurer d'avoir tout bien compris.

Bien à vous. »

Mon oncle, qui sait faire preuve de sang-froid en toute circonstance, prend les deux mains secouées de spasmes de ma tante et les presse l'une contre l'autre de sa solide poigne de sculpteuse.

Elle veut lui faire passer le message qu'elle est là, juste à côté, qu'elle la protège : ma tante doit rester calme, tout finira, et bien !

Et cette andouille qui les a provoqués ! Quel crétin !

On est séquestrées, il faut bien appeler les choses par leur nom, avec une dizaine d'autres patients, par deux individus armés. Salopards !, fulmine-t-elle, *quel dommage que je n'aie pas quelques bons petits blocs de marbre ou de pierre sous la main, bien lourds et avec des bords bien tranchants que j'aurais pu leur balancer en pleine figure.*

Gardons la tête froide. De toute façon, je ne crains rien. Jamais. Puis-je me rendre utile ? Il ne faudrait quand même pas qu'ils s'imaginent que nous allons nous laisser faire. Qui trouver comme alliés ?

Le médecin, OK. Elle semble juste un peu crispée. Mais telle que je la connais, c'est une femme de décision sur qui on peut compter. Elle nous a tous à l'œil, c'est son rôle, et c'est bien.

Celui qui rêvasse près de la porte, les yeux fermés et le sourire aux lèvres ? J'ai bien envie de lui demander à quoi il pense. Serait-il de mèche ? On dirait presque un ado qui se repasserait en boucle sa première nuit de baise. Sans espoir ! Mieux vaut le laisser vagabonder dans ses pensées.

Les deux qui se sont engueulés à l'autre bout de la pièce et qui maintenant se font la tête, insupportables, on passe. Rien à en tirer.

L'aristocrate et sa maladie à la mords-moi-le-nœud, n'en parlons même pas. Quel odieux personnage ! Quand je pense qu'il voulait être exfiltré. Et nous autres, alors, que serions-nous devenus ? Il nous aurait laissé moisir auprès des deux cerbères ! Ce n'était plus son problème ! Monsieur souffre d'une maladie orpheline ! Quel trou du cul !

Les deux pintades espagnoles, elles sont rigolotes, mais pas plus de cervelles que leurs homologues galliformes, alors, c'est non pour elles. Je suis d'avis de ne pas s'encombrer de poids morts.

Passons en revue les derniers couples.

Pour le premier : lui est encore solide et baraqué. La tête sur les épaules, on dirait, et franc du collier. Il me plaît bien. Il ne quitte pas des yeux les terroristes. Réfléchit-il comme moi à un plan pour nous tirer de ce pétrin ? Je pense qu'on peut lui faire confiance et compter sur sa collaboration active.

Le deuxième : c'est l'idiote qui faisait sa gym tout à l'heure. Elle a encore une silhouette racée de coureuse de fond. Je suis un peu envieuse. Pour être franche, j'en crève de jalousie, mais ce n'est pas le moment. Si j'en réchappe, il sera toujours temps de démarrer un programme de fitness. Stop aux digressions, on pourrait peut-être en faire quelque chose de cette coureuse senior. Son conjoint ? Tête sympa, j'aurais aimé l'enrôler, mais non, trop fragile. Il pourrait se casser en cours de route.

Qui reste-t-il ? Bien sûr, j'allais les oublier, les deux médecins. Sans vouloir être indiscrète, je les ai entendus s'entretenir tout à l'heure avec la cardiologue, et c'est comme ça que j'ai appris qu'ils étaient collègues. Ils se tutoient. Je vais m'approcher d'eux pour tâter le terrain et voir ce qu'ils en pensent.

Et pour terminer, les deux derniers couples. L'un que je ne distingue pas bien, de l'autre côté de la pièce, caché par le trou du cul, et le couple d'Afrique du Nord. J'ai les idées larges. Oui, j'ai combattu le Front national. On en a fait des marches pour le contrer en 2002 et puis en 2017. Sans compter les européennes et les municipales... Cependant, aujourd'hui, après tous ces attentats revendiqués par les islamistes, c'est triste à dire, mais enfin, c'est comme ça, je me méfie des Arabes. La femme semble douce et inoffensive. Alors, pourquoi porter cette affreuse tunique grise qui lui arrive aux pieds et pourquoi cacher ses cheveux sous ce hijab noir ? Je ne parviendrai jamais à les comprendre. Quant à lui, eh bien... Oui, je sais que ce n'est pas bien, je n'ai pas confiance, c'est comme ça. Il faut que je garde un œil sur eux.

16

Le materné ou « l'Assisté »

Materné n'est pas l'adjectif le plus adapté, car la touche de tendresse à laquelle est associé cet adjectif ne saute pas aux yeux. Claire préfère parler d'« Assisté ». Elle n'a jamais vraiment su qui était l'assistante ou bien l'a oublié : sa secrétaire, sa gouvernante, ou, sait-on jamais, sa compagne ?

À plus de 70 ans, ce gaillard originaire de Bavière ne sait toujours pas composer avec sa grande taille, ses bras à rallonge et ses mains qu'il cache en croisant les bras. Depuis qu'ils ont trouvé avec Claire un terrain d'entente, la musique de Gustav Mahler dont ils sont tous deux des fans inconditionnels, ils sont devenus très copains. Ils aiment se chamailler à son propos.

La sévérité de sa pathologie cardiaque ne leur laisse pas beaucoup de temps pour évoquer le maître. Ils ont donc pris l'habitude de commencer la consultation par Mahler. Il est imbattable. Elle n'a jamais réussi à le coller. De son côté, il lui déniche toujours quelque nouvelle anecdote à propos du maître et la lui sert avec fierté à chaque rendez-vous.

Totalement hermétique à la médecine, il ne veut rien comprendre ni même rien savoir de sa maladie. Claire s'est d'abord fâchée et lui a demandé d'aller consulter ailleurs. Puis elle s'est adoucie. S'il n'y avait pas eu Mahler, il y a fort à parier qu'elle l'aurait rayé depuis longtemps de ses listes avec la mention suivante : « À coller avec n'importe qui. Je ne veux plus le voir. » À la décharge du patient, sa langue maternelle, l'allemand, qui le bloque parfois. Ce qui est curieux, c'est qu'il est parfaitement bilingue pour le registre musical allemand du XIXe siècle, alors que, dans le domaine médical où les termes techniques sont très voisins dans toutes les langues, il cesse d'être le citoyen français qu'il est devenu il y a trente ans pour se retrouver comme un étranger débarquant dans l'Hexagone.

Il s'est marié à trois reprises, et chacune de ses trois épouses lui a donné un fils.

C'est « l'assistante » qui gère le dossier médical et les rendez-vous. Elle pige tout au quart de tour et le mémorise instantanément. Il est inutile de s'y reprendre à plusieurs fois pour lui répéter les instructions. Elle présente à Claire, le moment venu et toujours à bon escient, les courriers, les résultats de la prise de sang et la dernière ordonnance. Jamais un raté. Tous les papiers sont classés et toujours en ordre. C'est sans doute idiot, mais cette perfection gêne Claire et l'exaspère. Elle se retient de les lui jeter au nez, ses papiers trop bien rangés. Ce que Claire lui reproche alors ? Son manque d'humour vis-à-vis de la mauvaise volonté flagrante de son protégé. Si elle l'avait entendue, ne serait-ce qu'une seule fois, l'engueuler, ou décrire son calvaire d'être ainsi au quotidien au service d'un tel patient, cela lui aurait semblé plus naturel. Quand il est hospitalisé, ce qui est arrivé plus d'une fois, il n'hésite pas à se montrer irritable ou geignard, souvent les deux à la fois et parfois même fâché, empruntant alors son regard sombre et buté. Quelle que soit son humeur,

« l'assistante » reste stoïque, fidèle au poste, poussant la porte de la chambre à 13 h 30, heure du début des visites, et ne quittant l'hôpital qu'au couvre-feu à 20 h 30. De quoi parlent-ils ? Claire, qui n'a jamais vraiment compris comment fonctionnait ce couple improbable, est incapable d'apporter une réponse.

Quand Claire a voulu l'inclure lui aussi dans un essai thérapeutique, l'Assisté, intéressé, a dressé les oreilles. Il a immédiatement compris de quoi il retournait et, pour une fois, sans aide aucune. On allait donc lui prescrire, en plus de son traitement habituel, un nouveau médicament en cours d'évaluation. Et ni lui ni Claire ne sauraient si le tirage au sort l'avait fait tomber sur le médicament actif ou sur son placebo.

— Vous pouvez compter sur moi, Docteur. Vous savez peut-être que Gustav Mahler est mort d'une maladie cardiaque à l'âge de 51 ans. Combien de symphonies n'ont jamais vu le jour à cause de cette mort prématurée ? Quelle perte pour l'humanité ! Je souhaite, à mon humble niveau, faire tout mon possible pour aider la médecine, et surtout la cardiologie, à progresser.

L'Assisté boude en tournant résolument le dos à son « assistante ». La tiendrait-il pour responsable de leur infortune ? C'est probable. Elle fait bonne figure. Elle lui délace ses chaussures afin qu'il soit plus à l'aise, avec sa tendance à faire de l'œdème. Elle reprend sa place et, avec calme, fait semblant d'être absorbée par des mots croisés. Elle lève de temps en temps les yeux sur lui pour surveiller ce qu'il se passe.

Il n'y a rien à faire, il s'agite, s'inquiète Claire. C'est encore le syndrome des jambes sans repos.

L'Assisté ne supporte pas l'immobilité, qui lui crée des impatiences musculaires des deux côtés. Il gigote, et ne tient plus en place. Ses médecins ont tout essayé pour le soulager de ses symptômes, sans succès. Il est allé consulter un neurologue sur les conseils de Claire et de son médecin traitant. Rien n'a malheureusement fonctionné, la situation a empiré.

La femme se penche maintenant pour lui masser les mollets. Elle s'applique comme toujours. Il la bouscule un peu. Elle consulte sa montre et extrait de son sac deux gélules qu'elle lui fait avaler avec un fond de bouteille d'eau gazeuse. Ça doit être l'heure à la minute près d'une prise médicamenteuse. Il les avale sans se faire prier puis ferme les yeux. Il lutte pour contenir sa rage d'être enfermé contre son gré.

Elle lui tend un livre qu'il repousse de la main, émettant un grognement dont Claire ne parvient pas à identifier la langue : française ou allemande, à moins qu'il ne s'agisse d'un dialecte tyrolien. Il étend les jambes et, très vite, sa respiration se ralentit et devient bien régulière. Claire redoute l'arrivée de ronflements, cela l'ennuierait qu'il s'endorme pour de bon. Mais non, il se redresse et lui sourit amicalement comme s'il voulait lui redonner du courage. Il fait mine de diriger un orchestre, ce qu'elle prend pour une allusion à leur passion commune. Il sait être gentil quand il s'en donne la peine.

Se calant contre le dossier de sa chaise, l'Assisté extirpe de la poche intérieure de sa veste quelques feuillets froissés de sudoku et un bout de crayon bien taillé qui se termine par un semblant de gomme noircie d'avoir été utilisée sans qu'on ait pris la peine de la nettoyer. Soufflant et ahanant, il remplit péniblement deux à trois cases vides de la grille déjà à moitié remplie, qu'il gomme immédiatement en laissant sur le papier de sales traînées noirâtres. Il soupire et hésite. Le sentant sur le point de froisser la feuille de sudoku pour n'en faire qu'une boulette, le Sportif lui fait signe de la lui passer. Ce dernier déplie la feuille, la lisse avec soin et, très concentré, la contemple un bref instant. Il commence par raturer proprement quelques chiffres et remplit sans une hésitation toutes les cases encore vides. L'Assisté ne l'a pas quitté des yeux. Le sourire aux lèvres, quasi admiratif, il palpe ses poches et trouve un petit paquet de grilles encore vierges qu'il offre sans hésiter au Sportif.

Reconnaissant, ce dernier se lance dans ce dérivatif dans lequel il excelle, et qui lui permet, il le sait, de canaliser son stress maladif, pour une fois justifié.

Quand ils ont compris qu'ils étaient captifs, les patients, terrorisés, ont tous traversé une longue phase de complète sidération qui a bien duré une heure, voire plus pour certains.

Puis ils ont commencé à échanger à voix basse quelques mots, tous, sauf l'Assisté et son « assistante ». Lui n'est pas sorti de son mutisme, et, elle, de son côté, n'a pas tenté d'approche, impassible avec ce petit sourire aux lèvres dont elle ne se départit jamais. Claire se repose la question du lien qui les unit. Fonctionneraient-ils comme ces vieux couples chez qui la parole n'apporte plus grand-chose parce qu'ils se connaissent suffisamment pour décrypter toutes les réactions du conjoint ? Il est plus crédible aux yeux de Claire qu'elle soit sa dame de compagnie, sa personne à tout faire, bien rémunérée pour son efficacité, mais ne se sentant pas obligée d'y mettre la moindre empathie.

Claire a terminé son tour d'inspection. Par malchance, tous les patients programmés ont honoré leur rendez-vous et se retrouvent donc captifs dans cette salle d'attente aux murs glabres qui glacent le sang. Il ne leur reste plus qu'à attendre, attendre quoi, le bon vouloir de ces hommes à la mine patibulaire et aux armes rutilantes ? Ont-ils tous le nœud au ventre qu'ils tentent de cacher ? Pensent-ils qu'ils vont s'en sortir ? Au verre qu'ils dégusteront juste après pour être en vie ? Font-ils intérieurement le bilan de leur existence ? Reprendront-ils leurs habitudes comme si rien ne s'était passé ? Se rendent-ils vraiment compte de la situation pour certains et certaines ? Claire est prise tout à coup d'une émotion fulgurante à la pensée de son mari et de ses filles, elle les aime tant ! C'est si fragile la vie, elle en sait quelque chose !

17

Maestro

On l'appelle « Maestro », et il est originaire de Modène. Ses parents sont arrivés dans le sud de la France quand il avait une petite dizaine d'années. Ils ont fui la pauvreté. L'atelier de ferronnerie d'art de son père avait été rasé par l'occupant allemand en 1943, et la maison familiale avait été bombardée par les Alliés un peu plus tard. Après-guerre, le père avait retrouvé du travail comme charpentier. Tout était à reconstruire. Leur situation était bien précaire, la famille s'était agrandie et n'avait survécu qu'avec peine. Ils s'étaient réfugiés chez des cousins, et la cohabitation avait été âpre. Ils avaient décidé de partir en France, et c'est à pied qu'ils avaient franchi clandestinement la frontière alpine. L'économie française avait besoin de bras. Faire venir les travailleurs nord-africains s'avérait encore difficile, et, dans l'obligation de libérer les prisonniers allemands, la France avait régularisé les clandestins italiens à tour de bras.

Contrairement à ses parents, le jeune Maestro s'était vite acclimaté. En dépit de son français hésitant, il avait réussi à s'imposer comme chef de bande en CM1 dans son école communale en périphérie de Briançon. Aux premiers jours de collège, il avait édicté des règles très strictes d'adhésion au clan. D'instinct, il avait compris que la nature a horreur du vide et qu'un espace libre appartient à son premier occupant, si celui-ci sait comment s'y prendre pour le défendre. Les petits sixièmes, apeurés et perdus, s'étaient agrégés en masse autour de ce leader du premier jour qui n'avait pas de challenger. Il avait assis son autorité en n'utilisant ses poings qu'avec parcimonie. Il avait su haranguer ses troupes et rassembler. Son surnom lui avait été donné quelques années plus tard au lycée quand l'un de ses professeurs l'avait surpris à la fin d'un cours en train de chanter un air de Verdi. L'enseignant l'avait appelé « le Maestro » et c'était resté. Loin de se moquer de lui – on ne se moque pas d'un chef qu'on idolâtre –, la classe avait aussitôt adopté ce surnom loin de lui déplaire. Toujours à l'affût d'un potentiel à faire fructifier, son professeur principal avait voulu à tout prix le voir intégrer le conservatoire. Trop occupé à tenir d'une poigne de fer sa bande, il avait refusé. Ses parents auraient eux aussi préféré le savoir dans une classe de chant ou de solfège au conservatoire comme le leur avait proposé la mairie, plutôt que de le voir rentrer de plus en plus tard chaque soir du lycée. Personne n'avait réussi à le convaincre. C'était lui le chef à la maison, et ni son père ni sa mère ne s'étaient hasardés à critiquer ses faits et gestes.

Constatant que son don n'avait fait qu'accroître sa popularité, il avait pris l'habitude de chanter à pleine voix et en toute occasion. Sa grand-mère l'avait bercé quand il était tout petit et avait consolé chagrins et bobos à l'aide de complaintes de sorcières ou de machinations de princesses tirées des opéras de Verdi. Sa tessiture de mezzo-soprano la cantonnait à ces rôles de méchantes femmes. Elle lui chantait aussi les airs sensuels et agui-cheurs de la troublante Carmen. Une fois adulte, c'est avec sa voix de ténor, qu'il avait repris le répertoire de sa grand-mère, qu'il connaissait par cœur. Il s'était inscrit à la faculté de droit de Nice sans y mettre une seule fois les pieds ! Pour survivre, il avait enchaîné des petits boulots, puis avait monté, avec deux amis et avec succès, une entreprise de préparation et de livraison de packs de produits alimentaires de base pour les locations d'appartements à la semaine sur la côte. Malin. Il savait flairer les bonnes affaires, qu'il menait rondement sans trop d'états d'âme. Ses copines garnissaient les packs, et ses jeunes frères, pas peu fiers, allaient les livrer après la sortie du lycée et se faisaient ainsi un peu d'argent de poche. Maestro avait mis un terme aux protestations de leurs parents.

« Très bien, si vous n'êtes pas d'accord, j'embauche deux de leurs copains. Dommage pour eux, nettement plus rentable et moins dangereux que de dealer à la sortie du lycée. »

Son affaire s'était étoffée et était devenue une véri-table entreprise. Sans la lâcher mais en la déléguant à ses amis, il avait pris ensuite les rênes de groupes immo-biliers et d'agences de location de voitures de plus en plus importants. Tout lui avait toujours réussi. Il avait fait fortune. Il était toujours aussi fou d'opéra, et on le croisait dans toutes les grandes salles lyriques : Milan, Venise… Très affable, il ne se déplaçait jamais seul. Le Maestro était généreux. Il aimait se sentir adulé, entouré de toute la jet-set de la Côte, et de parasites profitant de ses miettes. Sa stature et sa masse capillaire, que ne venait encore clairsemer aucune calvitie débutante, en faisaient un personnage qui ne passait pas inaperçu. Toujours sapé dernier cri, il se rendait à Milan tous les mois, pour affaires, à moins que ce ne soit pour rapatrier sa toute nouvelle Ferrari ou Lamborghini, et pour y rapporter des chaussures sur mesure dont il prenait grand soin. On raconte qu'il se recoiffait en se regardant dans son soulier gauche parfaitement lustré comme miroir. C'est aussi à Milan qu'il renouvelait sa garde-robe. Il choisissait méticuleusement des tissus, cachemire et soie pour l'hiver, lin ou moleskine pour l'été, qu'il faisait livrer chez un tailleur de renom, toujours le même, qui toutes affaires cessantes se consacrait à ce client de marque. Deux anneaux en platine lourdement travaillés, qu'il portait à l'annulaire et au majeur de la main gauche, complétaient la panoplie et faisaient de lui un authentique parrain.

Ce personnage de légende subventionnait l'opéra de Nice et le centre culturel de Menton. Un centre pour polyhandicapés avait été refait à neuf grâce à sa générosité. En un mot, il savait faire « le magnifique ».

À côté de ça, son nom avait été cité dans plusieurs affaires sordides de blanchiment d'argent, et il avait tâté à la prison à plusieurs reprises. Il en avait été libéré rapidement, moyennant quelques grosses cautions. Il bénéficiait du soutien de riches et influents protecteurs. Comment en était-il arrivé là ? Pourquoi avoir gâché son charisme et son dynamisme dans des histoires louches ? Sa rancœur venait de loin, de très loin. Elle datait de son enfance, quand il était arrivé clandestinement avec ses parents, son jeune oncle et ses deux frères sur le sol français. Il avait beau n'avoir même pas 10 ans qu'il avait très bien perçu dès leur arrivée à Névache, petit village frontalier, l'hostilité des Français à leur égard. La famille y avait repris des forces puis était partie s'établir à Briançon.

Il avait vite compris la signification méprisante de « rital » ou méchamment ironique de « macaronis ». Les Français n'avaient pas encore digéré la trahison de l'Italie quand elle leur avait déclaré la guerre le 10 juin 1940. Malgré un besoin vital de leur force de travail, ils le faisaient encore savoir aux nouveaux venus. Son père avait fait profil bas, avait subi toutes sortes de vexations sans rien dire, pour ne pas porter préjudice aux siens. Lui, encore enfant, en avait senti une vive humiliation, et la blessure ne s'était jamais refermée. Il avait fini par mépriser son père et avait décidé de tracer sa route, seul. Il s'était juré de réussir, de laver l'affront et de venger les siens. Il y était arrivé et avait fini par faire fortune. C'était sa manière à lui de trouver sa place et de la redonner à sa famille.

Quand il avait été arrêté à l'âge de 67 ans pour avoir commandité le meurtre d'un sous-préfet dans une sombre histoire de trafic d'influence, personne n'avait plus voulu lui venir en aide, et beaucoup de ses anciens amis lui avaient tourné le dos. La prison de Nice n'accueillant que les prévenus ou des condamnés à de courts reliquats de peine une fois le jugement prononcé, il avait donc été incarcéré à la prison de la Santé. Quand la Santé avait fermé, il avait été transféré pendant les quatre ans de sa rénovation à la maison d'arrêt de Fresnes.

Fin janvier 2019, il revient à la Santé et demande à réintégrer le quartier des « personnalités » qui, avant les travaux, accueillait les condamnés VIP. Sa demande n'est pas prise en compte, car ce quartier n'existe plus dans les nouveaux bâtiments. Tous les prisonniers sont logés à la même enseigne dans des locaux devenus enfin décents. Il se sent mal en point depuis son retour. Il a perdu son beau timbre de ténor et, quand il chante, on pourrait presque le prendre pour un ado entamant sa mue. Un spécialiste ORL est venu l'examiner à la prison avec tout son matériel. Son verdict : une tumeur de la corde vocale. L'intervention chirurgicale doit avoir lieu sous peu, sous anesthésie générale : microchirurgie du nodule, à l'hôpital Tenon. Le médecin a demandé que le patient soit vu par un cardiologue pour vérifier que son état de santé est bien compatible avec le geste chirurgical.

18

Hadrien

Hadrien, médecin à la Santé

Hadrien déborde d'enthousiasme. Il démarre les deux années de formation supplémentaires qu'il a obtenues de haute lutte à l'hôpital Cochin, en cardiologie, et qui lui assureront le titre d'ancien chef de clinique. C'est de bon cœur qu'il a accepté la quote-part d'activité médicale à la Santé qui incombe aux médecins de cet établissement hospitalier voisin de la prison. Depuis sa réouverture, les conditions de sécurité y ont été renforcées. Il a été prévenu qu'on n'y rigolait pas et que ce n'était plus « à la bonne franquette » comme ce le fut un temps.

Tous les chefs de clinique ont été convoqués pour une demi-journée de formation. Ils sont reçus par la directrice de la prison et par le responsable du service médical. On leur fait visiter les lieux avant de leur expliquer les règles de bonne conduite : autrement dit, comment se comporter avec les détenus et les règles de sécurité. La séance a duré trois bonnes heures.

En y repensant un mois plus tard, Hadrien trouve toutes ces précautions et recommandations quelque peu exagérées, les détenus ont été jusqu'à présent, et pour la majorité d'entre eux, très sympas. Il n'a pas senti d'hostilité, bien au contraire. Parfaitement rodé et familier des lieux, Hadrien ne met plus, montre en main, que cinq à six minutes pour passer les sécurités. Il a un badge à son nom avec sa photo. Le surveillant posté à l'entrée est un très bon physionomiste. Il a repéré Hadrien dès son deuxième passage et lui ouvre maintenant la porte avant qu'il n'ait besoin de montrer patte blanche. Hadrien dépose son téléphone portable dans un casier prévu à cet effet et franchit le portail détecteur de métaux. Il traverse une petite cour et s'engage dans un long couloir sans fin qui le conduit à la tour centrale, le panoptique, d'où partent les quatre coursives disposées en rayons de roue. On lui a confié un boîtier alarme pour qu'il puisse, en cas de besoin, réclamer de l'aide. Tous les dix mètres, il s'arrête devant une porte, fermée, surmontée d'un voyant. Il sonne et patiente. Quand le surveillant l'a identifié et a vérifié que la porte précédente et la suivante sont bien fermées, la porte est débloquée et le voyant clignote. Il peut alors avancer jusqu'à la suivante. Les couloirs sont truffés d'alarmes et de caméras. Les coursives qui partent du panoptique ont deux étages. Les cellules des prisonniers s'ouvrent de part et d'autre du couloir central. Une verrière zénithale apporte la lumière. Pour les étages supérieurs, des passerelles passent d'un côté à l'autre du couloir pour trois des quatre ailes. La quatrième est réservée aux radicalisés, et pour empêcher ces fanatisés de prêcher et d'endoctriner d'autres détenus, elle est isolée du reste du secteur.

Hadrien doit sortir de la rotonde pour gagner le bâtiment réservé au service médical qui jouxte les secteurs disciplinaires et d'isolation. Box infirmiers, plusieurs salles de consultation et bureaux administratifs sont regroupés dans cet énorme bâtiment. C'est habituellement le médecin généraliste qui fait la demande d'une consultation spécialisée. Hadrien en assure une de cardiologie deux fois par mois. Il voit chaque fois une dizaine de détenus. Il les reçoit seul. Les surveillants sont souriants, bienveillants à l'égard des détenus, à l'opposé de l'image que l'on pourrait se faire d'un maton. Bien que fréquentant les lieux depuis maintenant près de six mois, Hadrien ressent toujours, une fois les portes franchies, une oppression qui ne disparaît que lorsqu'il quitte l'enceinte de la prison. Il avale alors avec volupté une bonne rasade d'air parisien et se sent tout joyeux. Il s'est même surpris, plus d'une fois, en train de siffloter d'allégresse. Il a pris l'habitude d'enfourcher son vélo pour aller siroter un demi à l'Indiana, un café de la place Denfert-Rochereau. S'évader de la prison après deux pleines heures de consultation le met toujours en joie.

La consultation
— Bonjour, fils, assieds-toi là, à côté.
Interloqué, Hadrien s'arrête sur le pas de la porte, croyant avoir mal saisi.
— On m'appelle « Maestro ». Tu peux m'appeler ainsi, continue-t-il de sa voix assourdie.
Hadrien réprime un sourire et se laisse prendre au jeu.
— Maestro, j'ai jeté un œil sur votre dossier médical.
— Que me dis-tu, malheureux, c'est avec tes deux yeux que je t'ordonne de l'étudier, m'as-tu bien compris ?
— Oui, Maestro. Ne vous fâchez pas, c'était une façon de parler. J'ai compris qu'on doit vous opérer de la corde vocale gauche et que l'anesthésiste souhaite une consultation de cardiologie avant de vous endormir. J'aurais donc quelques questions à vous poser.

— Je t'écoute, fils.

— Si l'on met de côté votre problème ORL…

Le Maestro le coupe avec brutalité.

— Tu dis que tu veux mettre de côté la tumeur qui m'empêche de chanter et qui va peut-être me faire mourir ? Tu es un drôle, toi !

— Ne vous fâchez pas, Maestro, lui répondit Hadrien d'une voix qu'il voulait avant tout apaisante, loin de moi l'idée de me désintéresser de votre gorge. Je veux juste être certain que votre cœur supportera sans problème l'anesthésie. Parce que, si vous avez une tumeur du larynx, c'est que vous avez dû fumer plus que de raison. Or le tabac et le cœur ne font en général pas très bon ménage.

— Tu as raison, fils, j'ai fumé et je fume toujours. Ne t'avise surtout pas de me demander d'arrêter. Si tu es venu pour ça, ne perds pas ton temps, va-t'en.

— Du diabète, du cholestérol ?

— Sans doute, fils, j'aime bien manger et fumer un havane après chaque repas. Ça aussi, il faut oublier de me demander…

— Vous est-il arrivé de ressentir des douleurs qui serrent dans la poitrine ?

— Fils, jamais je n'ai eu de peine de cœur. Je fais pleurer les filles et les console, et pas l'inverse.

— Maestro, pouvez-vous retirer votre veste, le gilet et la chemise pour que je puisse vous examiner comme il faut ?

— Fais, fais, fils. Comme tu peux le constater, la blanchisserie de la prison laisse à désirer. J'ai beau leur graisser la patte, les chemises sortent grises et toutes froissées. Voilà, j'y suis ! Maestro jubile. Depuis ton arrivée, je cherchais à qui tu me faisais penser mais sans trouver à qui. C'est à Luciano, mais oui, c'est ça, en plus freluquet quand même. Sais-tu pourquoi tu me plais, fils ? C'est parce que tu es le portrait craché de Luciano !

— C'est l'un de vos amis ?

— Luciano Pavaro… tti. Ne me dis pas que tu ne le connais pas ! Tu me décevrais, fils (le ton du Maestro est ambigu, flottant entre l'humour et l'autorité). Voyons, le chanteur le plus célèbre du monde. Du velours, du nectar, de l'or, du soleil, du miel, sa voix, c'était tout ça à la fois.

Dis, petit, puisque tu as le même sourire et la même barbe que lui, fais-moi plaisir. Chante-moi ce que tu veux. Non, pas ce que tu veux, fais-moi entendre « La donna è mobile », tu le connais, quand même, cet air pour ténor de *Rigoletto*, l'opéra le plus célèbre de Verdi ! Lucianino, tu me fais signe que non ? Tu ne peux quand même pas me refuser ça ! Tu sais ce qui leur en coûte à ceux qui me refusent quelque chose ?

— Mais, Maestro, je ne sais pas chanter ! s'exclama Hadrien l'air sincèrement navré. Je prends des cours de guitare une fois par semaine, en général le jeudi après-midi. Je quitte l'hôpital le jeudi matin après une transmission aux autres médecins vers les dix heures, car je suis de garde en unité de soins cardiologiques tous les mercredis soir. Je retourne dormir quelques heures en sortant de ma garde et je profite de mon repos de récupération pour travailler les morceaux et aller prendre mon cours de guitare au conservatoire. Le chant, à vrai dire, je n'ai jamais essayé. Et l'opéra, au risque de vous décevoir, eh bien, ce n'est pas du tout ma tasse de thé. Et puis, Maestro, je ne suis pas là pour ça. On parlera de votre, euh, Papageno, plus tard. Maintenant, je vous demande de m'écouter.

— Ha, ha, ha ! C'est qu'il a de l'humour, le petit. Pa-Pa-Pa-Pa-Pa…

Le Maestro tente l'envolée des roucoulades de Papageno, l'oiseleur de *La Flûte enchantée* de Mozart, mais son chant dérape vite en un couinement disgracieux.

— Ne me fais pas chanter, petit, j'ai la voix qui part en couilles. Je te parle de Pavarotti, pas de Papageno. Mais tu as raison, je me tais et je t'écoute. Attends un peu, il faut que je te raconte une chose encore. Je vais être rapide. Ma grand-mère était la nourrice de Pavarotti. C'est à Modène qu'il est né, comme moi. Ma grand-mère l'a nourri de son sein, tu entends ? Et s'il est devenu le grand Pavarotti, c'est grâce à elle, ma grand-mère. Rien de plus fabuleux ! C'est parce qu'elle lui en a chanté des arias pour le faire dormir ! Il pleurait tout le temps ce gamin à cause de ses coliques et ne s'arrêtait que lorsque ma grand-mère entonnait un air d'opéra. C'est ce qu'on m'a raconté. Et puis elle allaitait en même temps un autre bébé, une petite fille. Et tu ne sais sûrement pas qui était la sœur de lait de Pavarotti ? C'était la grande, l'incomparable Mirella Freni ! Qui est... ?

— Une célèbre chanteuse d'opéra, je suppose ?

— Bravo, fils, c'est ça, et la meilleure de toutes. Ce n'est pas incroyable ça encore ?! Dans la vie, fils, il faut croire aux choses incroyables. Et tu vois, si ma grand-mère ne m'a pas donné le sein, elle m'a quand même bercé et m'a chanté tous les airs qu'elle avait en tête. J'avais une belle voix, moi aussi, poursuit-il avec une pointe de regret dans sa voix éraillée. J'aurais pu devenir un chanteur célèbre mais je n'en ai pas eu envie. C'est ingrat, l'apprentissage de la musique. On passe par des hauts et par des bas surtout. Il faut pouvoir tenir sur la durée quand on apprend à chanter. Et moi, je n'ai pas eu la patience. Quand je veux quelque chose, il me le faut tout de suite, conclut-il en prenant une grosse voix d'ogre et en roulant des yeux.

Gentiment autoritaire, Hadrien réussit à le faire taire et à l'examiner. Il lui explique que son électrocardiogramme n'est pas strictement normal. Rien de grave, mais il faut lever le doute à l'aide d'une échographie du cœur couplée à un test d'effort.

— Fais tout ce que tu penses être nécessaire pour moi, mais fais vite, petit, le temps presse et je t'ai déjà fait comprendre que je n'aime pas attendre.

— Je vais faire de mon mieux pour programmer l'examen le plus rapidement possible.

— Je pense être opéré en début de semaine prochaine. On m'a dit que c'était urgent.

Nous sommes déjà lundi et, mercredi, je tiens absolument à écouter la retransmission sur France Musique de l'opéra de Purcell, *Didon et Énée*, donné au festival d'Aix-en-Provence, l'année dernière. Ma grand-mère ne chantait pas que de l'italien, elle adorait Purcell et chantait aussi en anglais. Elle avait recueilli dans la maison familiale une troupe de chanteurs baroques, affamés, qui lui avaient fait découvrir toutes ces splendeurs moyennant quelques *pasta* bien de chez nous. Et le soir, quand ils s'étaient bien lestés, ils s'en donnaient à cœur joie.

— Maestro, je vais vous laisser.

Hadrien entra sans ciller dans le regard qui le fixait puis reprit :

— Vous étiez mon dernier patient du jour. Je suis très en retard. Il faut que je parte. Je dois préparer un topo pour un congrès. Ce sont les Journées françaises de la cardiologie. Il me reste encore quelques jours pour le finaliser, mais j'ai un tel trac que j'ai besoin de le travailler à fond. Je n'ose imaginer l'état dans lequel se trouvent vos copains chanteurs quand le rideau de scène se lève.

— Combien de personnes à ton exposé ? Une centaine ?
Bravo, fils. Si j'avais été libre, je serais certainement allé
t'écouter et j'aurais fait venir mes hommes pour t'applaudir. Dis-moi, quand vas-tu jouer à la diva, que je
pense à toi ?

— Vendredi prochain, au Palais des congrès.

Maestro produit un sifflement admiratif.

— Bien... Fils, tu m'impressionnes ! Comme toi, mon
ami Luciano Pavarotti aimait les ovations du public. Il
sortait toujours un mouchoir blanc pour s'éponger le
front pendant les applaudissements puis il se faisait bisser,
parfois même au milieu des opéras, après ses airs les plus
connus. Une dernière recommandation avant de partir :
n'oublie pas de te faire bisser, fils, tu le mérites.

Hadrien quitte la prison, voûté et la tête basse.

Un boulet aux pieds entrave sa marche, et une chape
de plomb l'empêche de respirer.

Il n'ira pas à l'Indiana prendre son rituel demi. Il est
malheureux.

Personne à qui se confier, pas même sa copine.

Tout avait débuté quelques mois après ses débuts à la
prison de la Santé.

Il n'avait pas pris, ce matin-là, son vélo dont les pneus
étaient à plat.

Il faisait beau, et il avait choisi de rentrer à pied. Son
téléphone avait sonné. L'appel venait d'un numéro non
référencé dans son répertoire. Il avait décroché. Une voix
d'homme.

— Romain, à l'appareil. Bonsoir, Hadrien.

Hadrien s'était présenté à son tour, du ton interrogatif de celui qui attend le motif de l'appel, car la voix et

l'entrée en matière ne cadraient pas du tout avec celles des démarcheurs ou du personnel des instituts de sondage. Ce ne pouvait pas être non plus un patient, car Hadrien ne confiait jamais son numéro personnel.

— Votre numéro de portable m'a été transmis par l'administration de la prison de la Santé.

L'homme sollicitait un rendez-vous dans les plus brefs délais. Il avait pris soin de préciser que le motif n'était pas médical, mais qu'il lui était impossible pour des raisons de sécurité de le lui exposer par téléphone. La voix franche et cordiale avait mis Hadrien en confiance.

Curieux et vaguement inquiet, Hadrien avait proposé un rendez-vous dans un espace public, comme l'avait demandé son interlocuteur, en face du jardin du Luxembourg, devant le café Le Médicis, situé à l'angle de la rue du même nom et de la place Edmond-Rostand. Pourquoi là ? Tout simplement parce qu'il avait reçu l'appel devant Le Médicis.

Intrigué par cet étrange coup de fil, il avait tenté de rappeler son mystérieux correspondant. Un répondeur automatique lui avait alors répondu qu'il n'y avait pas d'abonné à ce numéro. Le lendemain après-midi, un homme l'avait abordé devant les grilles du jardin.

Il lui avait tendu sa carte professionnelle estampillée Direction générale de la Sécurité intérieure (DGSI) avant de lui donner une chaleureuse poignée de main.

— Romain.

— Hadrien, enchanté.

Romain s'était excusé de cette entrée en matière pour le moins cavalière et avait choisi de prendre place à l'ombre de la fontaine Médicis du jardin, déserte à cette heure-ci. Les promeneurs s'étaient agglutinés au soleil autour du bassin central, en face du palais du Sénat.

— Hadrien, je pense que vous avez compris que je travaille pour la DGSI. Je vais aller droit au but. Nous aurions pu vous contacter de façon beaucoup plus formelle, mais l'urgence de la situation est telle que nous avons dû faire très vite.

Vous avez été l'objet d'une enquête poussée au terme de laquelle notre direction a décidé que vous étiez le parfait candidat pour la mission que nous aimerions vous proposer.

Vous êtes chef de clinique à l'hôpital Cochin et vous assurez des vacations à la Santé depuis quelques mois. Nous avons fait en sorte qu'un détenu qui se fait appeler « Maestro » vienne vous consulter mardi prochain. Notre homme, votre futur patient, a de solides connexions avec la 'Ndrangheta, la mafia calabraise.

L'agent de la DGSI explique à Hadrien que la 'Ndrangheta, née en Calabre, est une organisation mafieuse dont les ramifications ont fini par atteindre l'Italie du Nord et la région Provence-Alpes-Côte d'Azur.

Maestro est l'homme fort de ce réseau en France. Il a monté un trafic d'œuvres d'art pillées par l'État islamique en Syrie et en Libye. Les islamistes ont commencé par détruire les sites archéologiques puis ont vite compris les profits qu'ils pouvaient en tirer. Ils mettent à sac les sites et exportent tout ce qu'ils peuvent. La phalange française de la mafia réceptionne ces trésors antiques qui sont écoulés dans le marché de l'ombre sur la Côte d'Azur. Ces merveilles sont vendues à des riches collectionneurs européens, américains, chinois ou émiratis, peu soucieux de leur origine.

En échange, la mafia approvisionne Daech en armes, explosifs, fusils d'assaut et lance-grenades provenant d'Europe de l'Est.

— Maestro contrôlait, avant d'être pris dans nos filets, tous les palaces de la Riviera. C'est dans leurs salons luxueux et feutrés que les acheteurs fortunés font leur marché. Je suis persuadé que, d'une façon ou d'une autre, Maestro a gardé la main sur son affaire depuis la prison de la Santé où il purge sa peine. L'OCBC nous a contactés.

— L'OCBC ? demande Hadrien effaré et soucieux de ne pas perdre le fil.

— Désolé, Hadrien, je voulais dire l'Office central de lutte contre le trafic des biens culturels. Ils nous ont contactés il y a huit jours pour nous faire parvenir des photos de sites archéologiques syriens bombardés. Ces photos passent en boucle sur Internet depuis quelques semaines. Pour les agents de l'OCBC, ce n'est qu'une mise en scène de Daech qui veut faire croire au pilonnage des sites pour masquer un pillage à large échelle. L'OCBC vient d'intercepter au large de Malte un bateau provenant de Lattaquié, en Syrie. Ils ont récupéré dans les cales de cette embarcation quelques bas-reliefs, deux tablettes d'écriture cunéiforme et une dizaine de statuettes, à peine protégés, comme si l'envoi s'était fait dans une grande précipitation. Un registre de ces pièces volées a été trouvé sur le bateau. Il était rédigé en langue française, mais il ne donnait aucune information sur les destinataires. Le bateau battait pavillon libyen, et l'équipage était composé de bric et de broc. Parallèlement, nos indicateurs ont capté quelques bribes d'informations concernant d'importantes livraisons d'armes qui auraient eu lieu la semaine dernière en France, en Belgique et en Allemagne. Par expérience, nous savons que les armes qui arrivent sur notre territoire ne font qu'y transiter avant d'être vite réexpédiées à leurs véritables destinataires. La mafia fait venir les armes d'Europe de l'Est et les livre là où Daech en a besoin. Ce troc de pièces antiques contre des armes est instantané. Le gros des armes provient des stocks raflés aux Ukrainiens en Crimée en 2014 et stockés depuis en Russie. Il semblerait que des armes soient arrivées en France. On n'a aucune idée de l'endroit où elles sont camouflées, sans doute dans une mine ou dans des locaux industriels désaffectés. Le troc se fait toujours au dernier moment, juste avant les attentats, pour éviter tout trafic secondaire et la dispersion des armes.

— Vous voulez dire qu'un attentat se prépare chez nous, en France ?

— Exactement, Hadrien. Toutes les alertes sont au rouge pour une attaque terroriste de grande envergure, imminente en France et chez nos voisins belges et allemands.

— Vous ne pouvez pas laisser faire. Ce n'est pas possible, pas un nouvel attentat !

— Nous sommes tout à fait d'accord, Hadrien, et c'est pour cela que nous allons avoir besoin de vous. Avant de vous expliquer en quoi consisterait votre implication, je vais faire une petite digression sur la circulation de cannabis, et vous allez comprendre pourquoi. Le cannabis cultivé au Maroc transite actuellement par Casablanca, l'Algérie, la Tunisie et le long des côtes libyennes de la Méditerranée. Cette route du cannabis est sous contrôle de l'État islamique. Le cannabis passait autrefois de Tanger à la côte espagnole directement, mais, depuis que les autorités marocaines et espagnoles ont renforcé la surveillance du détroit de Gibraltar, les trafiquants ont changé leurs habitudes.

C'est la 'Ndrangheta qui est encore au cœur de ce trafic, avec à sa tête un dénommé « Il Zoppo » (le Boiteux) qui est toujours passé entre les mailles du filet de nos collègues italiens. Zoppo est un ami de toujours du Maestro. Ils se sont connus à Modène, à la communale, et travaillent main dans la main, chacun dans son secteur mais avec de grosses convergences d'idées et d'intérêts. Depuis l'incarcération de son ami, Zoppo supervise le trafic d'antiquités syriennes. Le réseau parfaitement monté et huilé par Maestro a continué à fonctionner sur sa lancée. Grâce à des écoutes téléphoniques et à quelques confessions de repentis, nous savons que le milieu mafieux est en pleine ébullition. Un gros coup se trame entre les mafias italienne et française et l'État islamique. Nous avons la certitude que Zoppo fera tout son possible pour que son ami Maestro puisse être présent quand les merveilles archéologiques, celles qui ont servi de monnaie d'échange aux islamistes et qui vont très vite repartir chez les collectionneurs, arriveront sur notre sol. Nous avons monté un plan diabolique dicté par l'urgence et la gravité de la situation. Après pas mal d'hésitations et de discussions, nous voilà résolus à l'appliquer. Nous allons faciliter l'évasion du Maestro en espérant qu'il ne verra pas que nous l'avons téléguidée. Zoppo songe à l'évasion de Maestro, son *fratello*, comme il l'appelle depuis ses premiers jours d'incarcération à la Santé. Nous espérons qu'une fois libre Maestro nous conduira à l'endroit où sont entreposées les armes et que nous pourrons déjouer, à temps, l'attentat apocalyptique que préparent les islamistes. Je vous passe volontairement tous les détails stratégiques de cette pseudo-évasion, qui vous seront exposés plus tard, si vous acceptez de collaborer.

Hadrien se frotte les yeux, hagard. Il ne sait que dire.

— Je suis complètement sonné par tout ce que vous venez de me raconter. J'ai du mal à réaliser ce que ça signifie. Enfin si, mais vos propos remuent de douloureux souvenirs.

Hadrien se prend la tête dans les deux mains et ne bouge plus pendant quelques minutes. On l'entend respirer bruyamment. Il relève la tête.

— Votre appel m'avait intrigué, mais j'étais à mille lieues d'imaginer ce scénario !

Les deux hommes, qui se sont remis en route, marchent côte à côte en silence.

— Et... qu'attendez-vous au juste de moi ?

— Ce que nous attendons de vous est simple à exposer, mais votre mission s'avère délicate. Elle exigera de votre part tact, doigté et imagination. Notre homme, le Maestro, est un sacré joueur. Il veut sa liberté et d'autant plus rapidement que son réseau est sur un grand coup. Il a tout à fait confiance en Zoppo qui assure « l'intérim ». Le souci est qu'il a beau être le grand manitou du trafic de drogues, il connaît peu celui des œuvres d'art. Nous pensons, en fait nous sommes persuadés, que Maestro a eu l'idée de tirer profit d'une pathologie ORL bénigne. Il a soi-disant mal à la gorge depuis quinze jours et a même perdu la voix. Il l'a très habilement fait savoir aux autres détenus. « Le Maestro ne peut plus chanter, il a une extinction de voix ! » Le bruit s'est propagé de coursive en coursive, au réfectoire, jusque chez les surveillants qui en ont averti les autorités, qui, de leur côté, nous ont fait passer le message. Il est en effet très louche qu'un tel battage soit fait autour d'un banal bobo de gorge. Nos services ont enquêté à Nice. Maestro a consulté il y a dix ans l'un de vos collègues oto-rhino, pour une banale otite. On lui découvre, à cette occasion, un petit nodule bénin de la corde vocale totalement asymptomatique. Nous avons Maestro à l'œil depuis le début de son incarcération et observons ses faits et gestes. C'est cette histoire de gorge qui nous a mis la puce à l'oreille.

— Vous suivez comme ça les faits et gestes de tous les détenus ?

— Non, bien sûr que non. Ceux que nous gardons à l'œil sont les fichés S et les mafieux. Nous avons soupçonné que le lascar devait avoir une idée en tête. Et c'est au même moment que des rumeurs de trafic d'armes et d'attentat nous parviennent. Nous décidons alors de prendre la main. Nos indicateurs font passer le bruit d'un transfert imminent de Maestro dans le quartier de très haute sécurité de la Santé, qui mettrait fin, comme vous pouvez l'imaginer, à tout espoir d'évasion. Maestro l'apprend. Il comprend que le temps presse. Il passe à son tour à la vitesse supérieure et exagère ses symptômes. Bien au fait des habitudes de la prison en termes de prise en charge médicale, il anticipe que l'on poussera les examens et, l'espère-t-il, à l'hôpital. Maestro est ferré. Nous envisageons sans plus tarder de faciliter son évasion dans le but d'en tirer un maximum de renseignements sur les attentats à venir. Un spécialiste vient l'examiner à la Santé. Il lui explique qu'il faut retirer ce nodule « très suspect » sous anesthésie générale. Il joue le grand jeu en apportant à la prison son fibroscope portable et tous ses instruments. Notre « protégé » reste imperturbable et subit sans broncher les examens. Le médecin programme un bilan cardiologique préopératoire : consultation sans doute complétée par quelques investigations plus approfondies à l'hôpital. L'oto-rhino est formel dans son rapport *off record* : *Nodule bénin de la corde vocale, sans aucune inflammation, et comme on s'en doutait un peu, sans aucune raison d'être à l'origine des symptômes décrits par le patient. Tout n'est que simulation.* Bien entendu, Maestro n'a pas connaissance des conclusions du médecin. Il est joueur. Il prévoit ses coups comme il le fait aux échecs, discipline dans laquelle il excelle : le nodule, la fausse extinction de voix, la visite du généraliste et celles des deux spécialistes. C'est à ce stade qu'il se fait prendre à son propre piège. Je ne pense pas qu'il soit ravi de se faire opérer de la corde vocale et de risquer, de ce fait, de compromettre sa belle voix de ténor. Il gagne en revanche deux occasions de se faire la belle : la première pendant ses examens à l'hôpital Cochin, hôpital de proximité des prisonniers de la Santé et, si ça ne marche pas, l'intervention en début de semaine prochaine à l'hôpital Tenon sera sa dernière chance.

— Et pourquoi la consultation cardiologique ? Et pourquoi moi ? demande Hadrien. Vous aviez la possibilité de prétexter n'importe quel examen ORL à l'hôpital, un scanner, une IRM du larynx, que sais-je ?

— Pourquoi vous ? Faut-il vraiment que je vous réponde ? Vous m'avez posé la question d'une toute petite voix, Hadrien, parce que vous le savez parfaitement, ce pourquoi. Je ne voudrais pas m'étendre sur des souvenirs douloureux et réactiver des plaies qui ne pourront jamais cicatriser. Vous avez perdu de manière tragique il y a bientôt cinq ans votre frère aîné et votre nièce au Bataclan. Votre belle-sœur a eu la vie sauve mais ne pourra plus jamais remarcher. Toute la famille a été anéantie, et vous avez eu beaucoup de mal, vous, Hadrien, à refaire surface. Nous avons cherché quelqu'un susceptible de se sentir concerné et désireux de faire tout son possible pour nous aider à prévenir de nouveaux attentats, et avons pensé, après avoir étudié votre profil, que ce quelqu'un pourrait bien être vous, Hadrien. Nous aimerions que vous réfléchissiez à tout ça, chez vous, au calme. Nous vous demandons seulement de ne pas en parler. Il en va de la vie d'au moins plusieurs dizaines de personnes innocentes, et sans doute de beaucoup plus. Vous allez vous trouver face à un terrible dilemme que vous ne pourrez partager avec personne. Un attentat d'envergure se trame quelque part dans le sud de la France, Hadrien, et nous devons tout tenter pour prévenir un nouveau massacre après le Bataclan, après Nice... Il y a, je le reconnais, beaucoup de spéculatif dans ce que je viens de vous résumer, mais nous n'avons pour le moment pas d'autres plans, et le temps presse. Si vous acceptez de collaborer, il faudra le jouer serré parce que Maestro est un sacré retors. Vous pourrez par une simple hésitation ou par un propos malheureux tout faire échouer. S'il comprend que vous cherchez à le leurrer, au moindre doute sur votre bonne foi, c'est perdu pour nous, et vous vous mettez vous-même en danger. Raison de plus pour bien réfléchir à notre proposition. C'est notre demande prioritaire, comprenez-vous ? Votre prochaine consultation à la prison est prévue lundi, et nous sommes vendredi. Je vous recontacterai demain soir pour savoir si vous marchez avec nous, car nous n'aurons pas trop de deux jours pour vous préparer. Votre mission : faire en sorte, en fonction du tour que prendra la discussion, que Maestro ait l'impression de vous avoir tiré les vers du nez et d'avoir appris, grâce à sa tchatche et à votre ingénuité présumée, le jour de son examen cardiologique à l'hôpital Cochin. C'est un jeu de rôle, Hadrien. Vous savez à quoi je fais allusion. J'ai cru comprendre que vous les aimiez et que vous vous débrouilliez pas mal du tout. Vous avez fait du théâtre quand vous étiez adolescent. Remettez-vous ça dans la peau. Nous vous faisons donc confiance. Fort de ce qu'il aura cru comprendre, Maestro organisera l'évasion avec ses hommes au sein même de l'hôpital. Pendant les trajets, la réussite de l'évasion est un peu aléatoire, car nos camions pénitentiaires ont l'habitude de zigzaguer, qu'il s'agisse d'aller au tribunal ou à l'hôpital. Pour finir, je préfère vous mettre en garde. Il n'est pas impossible que Maestro puisse vous inspirer de la sympathie. C'est même tout à fait probable. Très charismatique, drôle et amical, il en a embobiné plus d'un. Gardez en tête qu'il vend des armes aux islamistes en échange d'œuvres d'art volées en Syrie et qu'il est donc complice de tous les attentats qui ont meurtri nos pays, et vous en avez souffert dans votre cœur et dans votre chair, ne l'oubliez jamais.

Le dilemme d'Hadrien

Pimpantes, les rames de la ligne 5 du métro parisien se croisent avec leur grincement sardonique. Hadrien se dirige vers la gare d'Austerlitz. Il guette, dans un wagon de la rame opposée, sa nièce qui, toute en pleurs et en sang, se plaque à la fenêtre, les yeux pleins d'effroi, pour l'appeler au secours. Implacables, les rames filent sans s'arrêter, celle de la jeune fille vers le quai de la Râpée, et la sienne vers le pont d'Austerlitz et vers la gare. Ils se croiseront, c'est tout. Dans le wagon suivant, il y aura les membres disloqués de son frère. Hadrien ne pourra même pas distinguer le visage de son frère, car il s'est tapi au fond du wagon et s'est recroquevillé sur un strapontin pour ne pas le voir. Il sait que c'est son frère Alexandre qui a rendez-vous avec sa fille à la morgue de l'institut médico-légal. Il les croise tous les deux, son frère et sa nièce, depuis des mois. Le métro ne s'est jamais arrêté.

— Hadrien, Hadrien, réveille-toi, c'est encore ce terrible cauchemar?

Son amie le serre dans ses bras, et il s'extrait petit à petit du wagon de tête de la ligne 5.

— Tiens, bois un peu d'eau. Ça y est, tu es réveillé ?
l'interroge-t-elle de sa voix inquiète. Tu es sûr ? Sors du
lit. Viens, on va aller s'asseoir dans la cuisine.

— Merci, oui, ça va, lui répond-il en se redressant sur
le lit. C'est fini. Je suis désolé de t'avoir réveillée une fois
de plus. Excuse-moi. Ce cauchemar ne me lâchera-t-il
jamais ?

Hadrien n'a pas pu se rendormir, et puis il aurait eu
trop peur de retrouver une seconde fois cette nuit le visage
grimaçant de sa nièce Faustine. C'est déjà arrivé. Il est
secoué de frissons. Son amie a replongé sous la couette
et s'est rendormie. Il fixe le plafond et laisse ses idées
vagabonder.

C'est lui qui était allé à la morgue reconnaître les corps
de son frère et de sa nièce. Il avait voulu épargner à son
père malade ce spectacle macabre. C'est lui, maintenant,
l'homme fort de la famille. Étudiant, il avait assisté à
des autopsies et il s'était persuadé qu'il pourrait faire
face. Mais tout aussi aguerri qu'il s'était imaginé l'être,
et malgré tous les efforts de remise en état des corps
par le personnel du quai de la Râpée, il s'était écroulé
à l'institut médico-légal et restait, depuis, hanté par ces
images insupportables et indélébiles. Ce cauchemar l'avait
réveillé chaque nuit pendant des mois : le cri silencieux de
sa nièce qui lui vrillait les tympans et lui tordait les intes-
tins. La silhouette n'avait plus le charmant visage boudeur
de Faustine qui, depuis quelques mois, se piquait d'être
une ado rebelle en guerre contre tous, cependant tantôt
la tête émaciée des portraits de Munch, tantôt celle des
masques grimaçants du peintre Ensor. Un cri. Des têtes
réduites à un cri. Et dans ses cauchemars les plus terribles,
il imaginait la morgue comme un serpent lové entre la
Seine et le métro, prêt à se jeter sur ses proies à l'endroit

où le métro ralentit pour tourner après le pont quand on vient de la rive gauche, c'est-à-dire de la gare d'Austerlitz.

Longtemps, le quai de la Râpée n'avait été pour lui qu'un décor incontournable de séries télé ou de polars dont il était friand, et la ligne 5, un métro Playmobil, aux larges fenêtres avec une vue exceptionnelle sur la Seine quand la rame sort du quai de la Râpée pour s'engager sur le pont d'Austerlitz. Chaque soir depuis l'attentat, il s'endort avec la hantise d'y retrouver Faustine et Alexandre.

Il ne me reste plus que quelques heures avant de donner ma réponse.

J'ai prêté le serment d'Hippocrate devant mes maîtres, ma famille et mes amis, et moins d'un an plus tard, je pourrais être parjure, tromper un patient, fût-il un détenu ?

« Admis dans l'intimité des personnes, je tairai les secrets qui me sont confiés… Je ne tromperai jamais la confiance… » Il répète en boucle cette phrase du serment d'Hippocrate qu'il connaît par cœur.

L'idée de tromper Maestro lui répugne. Il s'en veut. Il essaie de se raisonner.

Hadrien ne peut se défendre d'éprouver de la sympathie pour Maestro. On l'avait mis en garde. C'est l'écueil, il le sait.

Ce type est une ordure de la pire engeance qui soit. C'est lui qui a fauché Faustine et Alexandre, et c'est encore lui qui va bousiller la vie de malheureux. Je n'ai pas le droit de baisser les bras. Je m'en voudrais toute ma vie. Mais en devenant médecin, j'ai fait la promesse d'être honnête et de prendre en charge de la même façon tous les patients qui me seront confiés et du mieux possible. Je ne peux pas non plus trahir mon serment.

On nous l'a redit à la prison : « Vous allez recevoir des détenus qui pour certains ont commis des atrocités, des viols, des crimes… D'abord, vous ne saurez jamais le motif de leur incarcération et dites-vous bien que, quels que soient leurs délits, ils sont en droit d'attendre de vous la même attention que celle que vous portez à vos autres patients. Et dans le milieu carcéral, la confiance est encore plus importante qu'ailleurs. Ils se méfient de tout le monde, de leurs surveillants qu'ils considèrent à tort comme des ennemis et, davantage encore, de leurs codétenus.

En revanche, ils se confient au médecin. Nous n'avons jamais eu à déplorer la moindre agression verbale ou physique de leur part envers vos collègues. Vous verrez, ils seront polis et tout à fait pacifiques, voire amicaux à votre égard. Ils savent que tout ce qu'ils pourront vous raconter restera entre vous et eux, et que jamais vous n'enfreindrez le secret médical. »

« Et moi, qui suis-je, un salaud ou, pire encore, un couard ? » se demande inlassablement Hadrien.

Si seulement j'avais quelqu'un à qui demander conseil !

Qu'en aurait pensé mon pauvre Alexandre, lui qui prenait tellement au sérieux son rôle de grand frère ? Il m'aurait dit d'y aller, j'en suis persuadé.

Mon rôle de médecin est avant tout d'essayer de sauver des vies. La décision serait beaucoup plus facile à prendre si j'étais sûr que mon intervention pouvait aider à déjouer un attentat. Que m'a-t-on dit exactement ? Que tout était hypothétique, non, spéculatif.

Qui sont ces personnes ? Ce Romain ? N'y aurait-il que moi à Cochin qui doive faire face à cette tragédie ? Suis-je à la hauteur du rôle qu'on veut me faire jouer ? Le rater serait plus grave que de ne pas l'avoir accepté, il a insisté là-dessus, le type. Si je loupe mon coup et si je mets la puce à l'oreille de ce... Maestro, je mets en danger toute la famille, qui n'a pas besoin de ça en plus. J'en ai vu des dizaines de films sur la vengeance de la mafia. Je ne suis pas prêt à leur faire courir le moindre risque. Dans quelle histoire suis-je encore embarqué ?

Quand je pense aux résistants pendant la dernière guerre, comment faisaient-ils ? Ils risquaient bien leur peau et, plus terrible encore, celle de leurs proches. Ils ont répondu présents quand on a eu besoin d'eux.

Je me suis souvent demandé comment j'aurais réagi à leur place. On ne peut pas préjuger de son courage tant qu'on ne l'a pas mis à l'épreuve. N'est-ce pas l'occasion de me tester et de me prouver que j'aurais peut-être pris en 1941 la seule voie possible pour pouvoir regarder ma femme et mes enfants en face ?

Et si jamais leur coup ne réussissait pas... Tout se sait en prison, la moindre bagarre, un amélioré à la cantine, l'arrivée d'un nouveau... Les nouvelles s'y propagent comme l'écho qui se réfléchit de coursive en coursive. Les détenus ne voudront plus consulter quand ils se sentiront malades. Ils ne feront plus jamais confiance au corps médical. Et ce serait alors moi, Hadrien, chef de clinique en cardiologie, censé soigner tous les malades, y compris les détenus, les sans domicile fixe, les galeux, les lépreux... qui en serais le responsable !

Et puis, il va y avoir les malades, qui vont se trouver pris à parti dans l'évasion ! Inadmissible de les exposer à un stress dangereux, à un dérapage, aux balles perdues comme il peut toujours y en avoir dans de pareilles situations ! Y ont-ils seulement pensé ?

On ne leur demandera certainement pas leur avis.

En toute honnêteté, agit-on différemment quand on propose aux patients de participer à une étude expérimentale qui teste un nouveau traitement ? Quelle est la valeur du consentement soi-disant éclairé qu'on leur fait signer ? Que peuvent-ils y comprendre ? Beaucoup d'hypocrisie, là-dedans. Pèsent-ils les bénéfices-risques ou n'acceptent-ils que pour nous faire plaisir ou parce qu'ils craignent d'être moins bien soignés en cas de refus de leur part ?

Cet attentat qu'ils veulent déjouer, quelle en est sa réalité ? Romain ne m'aurait-il pas baratiné ?

Hadrien hausse les épaules. *Pourquoi m'aurait-il baratiné… ?*

Et puis, seraient-ils à ce point sur le qui-vive à la DGSI si la menace n'était pas sérieuse, imminente comme il me l'a répété à trois reprises ?

Non, je suis bête. Pour qu'ils prennent de tels risques, ça doit être du très solide. Du très très solide.

Si je me défile et que la menace était réelle, et que les attentats ont lieu, comment pourrais-je continuer à vivre avec tous ces morts sur la conscience ?

J'avais la possibilité d'aider et je n'en ai pas eu le courage !

Pour Alexandre, Faustine et pour toutes les autres victimes des attentats, je dois accepter.

Je ferai ce que me demandent les services secrets, car je n'ai pas le choix.

Ça va marcher. Je serai à la hauteur. Je mets des œillères et je fonce !

À la moindre hésitation, c'est comme pour un slalom…
splash! La chute. Pas de marche arrière possible.

Quelle heure est-il exactement? Six heures, déjà!
Inutile de se recoucher.

Un peu de Bach me fera du bien, allez!

Hadrien branche le casque sur sa chaîne pour écouter
le guitariste Segovia jouer du Bach.

Il sait par expérience que seul Bach peut lui apporter,
si ce n'est de la sérénité, tout du moins un peu de la paix
à laquelle il aspire. Les yeux fermés, c'est la Chaconne
qu'il écoute en boucle jusqu'à ce que la sonnerie du réveil
le sorte de cette hypnose salutaire. Sa décision est prise.
Il s'y tiendra.

Hadrien est interrompu dans ses rêveries par le bip du
portable qu'il vient de récupérer au vestiaire de la prison.

« C'était nickel, Hadrien. Maestro n'y a vu que du feu.
Vous avez joué le personnage du jeune médecin complètement naïf au grand cœur, ce que de vous à moi vous
êtes sans nul doute, à la perfection.

Nous sommes donc lundi. Vous n'êtes pas disponible
pour son examen jeudi ni vendredi. Et, sympa comme
vous l'êtes, vous avez bien entendu qu'il souhaitait écouter
la retransmission, mercredi, d'une partie du festival d'Aix
sur France Musique.

Son avocat doit passer mardi après-midi. Il ne vous
l'a peut-être pas dit, mais leur rendez-vous est prévu de
longue date. Les détenus sont en effet prévenus un peu
en avance du passage de leurs avocats afin d'éviter les
visites le même jour.

Il a donc intégré le fait que l'examen ne peut avoir
lieu que mardi matin, autrement dit demain. Maestro
doit se frotter les mains de vous avoir tiré les vers du nez,

sans se douter que nous l'avons mené en bateau grâce à votre présence d'esprit et à votre sang-froid.

Bravo, Hadrien, vous devriez vous remettre au théâtre, vous êtes très doué. Non, ne vous mésestimez pas, je vous assure.

Notre psychologue n'a rien perdu de la scène grâce à la petite caméra qu'on avait camouflée sous votre badge. Elle a visionné la scène à trois reprises. Maestro est lui aussi un acteur né, paternaliste, amical, bourru. Et vous, Hadrien, permettez-moi de vous redire que vous avez été top...

Tout a fonctionné à merveille et comme on le souhaitait.

La phase trois de son plan d'évasion peut démarrer. Ses amis sont en pleine ébullition. Nos indics nous ont prévenus qu'ils étaient sur des charbons ardents depuis janvier, en fait, depuis son retour à la Santé.

Et ne me dites pas que vous avez des scrupules et que vous vous en voulez. On n'a pas de pitié pour des individus pareils. On en a déjà discuté tous les deux.

Si notre plan marche jusqu'au bout, vous aurez sauvé plus de vies que vous n'en sauverez dans toute votre carrière de médecin. Merci d'avoir accepté de collaborer. Nous vous sommes très redevables. »

Au quartier général de la brigade du banditisme.
Mission accomplie !
L'homme est joueur, on le sait. Il s'évadera demain.

19

Et pendant ce temps...

Deux heures plus tard, la situation est figée. Les terroristes se relaient tous les quarts d'heure pour que l'un puisse prendre un peu de repos, accroupi sur ses talons façon cosaque, ou danseur russe pendant que l'autre, debout, surveille les prisonniers.

La chaleur devient pénible. L'atmosphère est lourde et la tension monte : grincements de chaise, raclements de gorge, soupirs et chuchotements.

Les terroristes ont prévenu qu'ils attendaient des ordres. Personne ne doit bouger. Ils n'ont rien dit de plus. C'était il y a quinze minutes.

Les portables des deux hommes se mettent à biper en canon, et des messages crépitent.

Leurs prisonniers ne savent pas qu'en penser. Ils se sont tous redressés sur leur chaise dans l'attente craintive d'un dénouement proche.

Puis plus rien. Un quart d'heure, vingt minutes se passent encore.

Momentanément sur le qui-vive, les patients s'affaissent les uns après les autres, à la fois soulagés et découragés, et toujours apeurés.

L'Étincelle ne quitte pas des yeux Madame « Ma femme est un soleil » qui essaie d'accrocher le regard de son mari par des mimiques de plus en plus éloquentes.

Elle me fait penser à Annette. Sans en avoir les traits, elle dégage cette même vivacité et joie de vivre. Ils doivent bien avoir quarante ans de vie commune, mais non, bien plus, cinquante ans, voire soixante, à moins que ce soit un tout jeune couple de vieux en pleine lune de miel. Il n'y a pas d'âge pour être amoureux et refaire sa vie. Je suis bien placé pour le savoir. Avec quels yeux pleins de tendresse et d'amour la convoite-t-il ! Que ça me fait mal ! Je donnerais tout pour que tu sois assise ici, Annette, à mes côtés, et peu importe qu'on se fasse abattre tous les deux, si c'est main dans la main. Mais tu n'aurais pas été d'accord, tu aimais trop la vie. Je te connaissais si bien que je pouvais prévoir toutes tes réactions. Annette, pourquoi m'as-tu quitté sans même me dire au revoir, pourquoi m'as-tu fait ça ?

Coincée entre le radiateur et le mur, Madame « Ma femme est un soleil » donne des petits coups de coude dans le flanc gauche de Léon, son vieux mari retraité de la police.

Il faut que je montre à Léon ce terroriste pitchoun avec son tic bizarre. J'aimerais le voir sans sa cagoule. Avec un tic pareil, il ne doit pas avoir une coupe en brosse comme celle de mon Léon.

Curieux de ce qui peut bien amuser sa femme en pareille circonstance, Léon tourne la tête vers l'homme sans rien lui trouver de bizarre. Il se perd dans ses pensées et commence à trouver le temps long et la situation bien pénible. L'homme secoue soudain la tête d'un mouvement sec. Le regard de Léon s'attarde sur l'individu qui, le sentant, se détourne de quarante-cinq degrés. Léon ne bouge plus, il attend. Il attend que ses très vieux souvenirs refassent surface. Il sait qu'ils ne sont pas complètement enfouis, mais, en creusant plus profond, il craint de les voir sombrer à tout jamais.

Ce mouvement de tête qui s'apparente à un tic, il l'a déjà vu quelque part, mais où et quand, et qui était-ce ? Il ne quitte plus des yeux l'homme armé, qui maintenant lui tourne presque complètement le dos.

Ça remonte à loin, très loin. D'abord une silhouette floue, qui se dessine dans sa mémoire, puis se précise pour arriver au regard, et surtout à ce léger défaut d'alignement des incisives qui plaisait tant aux stagiaires féminines de la police, peu nombreuses et qui n'avaient donc que l'embarras du choix pour se choisir des petits camarades. Il aimerait pouvoir vérifier mais l'homme lui tourne résolument le dos. Et comme le font les rigoles d'eau qui sur la plage se rejoignent les unes aux autres à marée montante pour former une nappe d'eau continue, petit à petit, tout lui revient. Flash.

Comment s'appelait-il, ce jeune flic si prometteur ? On l'avait surnommé « le Rebelle » parce qu'il avait fait résistance à la coupe de cheveux réglementaire, très courte. Il avait réussi sans qu'on n'ait jamais su comment à sauvegarder une mèche qui lui barrait le front et lui cachait l'œil gauche. Et sans cesse, d'un coup de tête très nerveux, il se dégageait la vue, le temps que la mèche retombe.

Dans les années quatre-vingt-dix, Léon avait été invité à Saint-Malo pour y animer un séminaire à l'école de police. Il avait organisé une chasse à l'homme sur les remparts de la vieille ville, et les jeunes avaient dû jongler avec les horaires de la marée. Certains s'étaient trouvés bloqués dans les îles de Petit et de Grand Bé qui ne sont accessibles de Saint-Malo qu'à marée basse. Le jeune Rebelle était l'un d'eux. Et Léon n'avait pas oublié la façon dont, superbe, il s'était tiré de ce mauvais pas. Il avait hélé sans se démonter un véliplanchiste qui passait à proximité. Accrochés l'un à l'autre, ils avaient réussi à regagner la plage du Bon-Secours, sous les applaudissements des apprentis policiers. Il n'avait pas oublié la crinière du jeune Rebelle, ébouriffée par le vent qui soufflait ce jour-là en rafales. Il avait alors plaisanté avec le jeune homme.

— Ta mèche, elle te sert de manche à air, c'est ça ?

— Vous ne pouvez pas imaginer toutes ses fonctions, lui avait répondu le jeune impertinent, chasse-mouches comme la queue des vaches, pare-soleil, manche à air et bien entendu et le plus précieux, elle me sert pour draguer et ça marche du feu de Dieu.

Léon, admiratif, avait suivi de loin les débuts de carrière du Rebelle, puis l'avait perdu de vue.

Se pouvait-il que ce soit bien lui, le Rebelle ? Et si c'était bien lui, ce n'était sans doute pas un hasard s'il lui tournait le dos depuis le début de la prise d'otages. Il ne voulait pas être reconnu.

Une grande amertume saisit Léon. Comme tout le monde, il a entendu parler de policiers corrompus, même s'il n'en a jamais connu personnellement. Mais pas lui, pas le Rebelle dont le courage et l'enthousiasme l'avaient à l'époque conquis.

Léon ne peut détacher son regard de l'homme qui se tourne avec lenteur vers lui, sans relever la tête. Sa femme l'attrape par la manche.

Il ne voit rien, ce Léon. Après la mèche, c'est au tour des pieds maintenant. Ses pieds dansent la bourrée, oh, que c'est drôle.

Court, court, long, long, court, long... Et ça recommence : court, court, long, long, court, long... Puis c'est l'inverse : long, long, court, court, long, court... Plus rien. Et il repart...

Léon, très attentif, ne bouge plus. Il retient son souffle et retrouve toute la vivacité d'esprit de ses 50 ans. C'est lui qui avait initié ses jeunes stagiaires à une variante du morse, car le morse est trop connu pour être utilisé en terrain hostile.

Silence, pas un mot, mission. Silence, pas un mot, mission.

Léon oublie sur-le-champ ses cervicales et ses lombaires, et tout son corps meurtri par les années. Il respire de plus en plus vite, et son cœur s'accélère. Il se voit comme un flipper s'allumant et sonnant de tous les côtés à la fois. Retrouvant toute son énergie, il répond de la même façon : noire, croche, croche, noire, noire, blanche, ronde...

Léon ne va pas s'y mettre lui aussi. Il ne manquerait plus que ça, qu'il commence un Parkinson comme celui du cousin Ambroise. Le cousin faisait pareil au début de sa maladie. Il piétinait sur place et puis, une fois lancé, c'était bon, il était parti.

Léon lui tapote affectueusement le genou et recommence son manège. À l'envers, à l'envers, à l'endroit.

Bien reçu. Besoin aide ?

Léon pousse un long soupir de soulagement. Le Rebelle n'est pas un traître. C'est un agent infiltré. Très prudent, l'ancien commissaire prend garde à ne répondre que lorsque le deuxième ravisseur a le dos tourné. Il comprend, au fil des échanges cryptés, que sa libération et celle de ses compagnons d'infortune sera négociée contre la mise en liberté d'un dangereux détenu de la Santé.

Court, court, court, long, long, court, long…
Autrement dit : « Tenez-vous prêt, Boss, on va avoir
besoin de vous », vient de lui répondre son ancien élève.

**

Assis juste derrière la cancérologue, l'Orphelin se
penche en avant pour lui susurrer à l'oreille :
— Vous êtes bien médecin ?
Elle acquiesce d'un signe de la tête sec, peu engageant.
L'Orphelin sort un calepin et un stylo-plume de la poche
intérieure de son complet veston.
— Myopathie de Béthlem, maladie rarissime du muscle,
vous connaissez ?
Elle hausse les épaules et se plonge dans la contempla-
tion de ses ongles.
— J'en ai une… Très peu de cas répertoriés en France
et dans le monde, griffonne-t-il.
Le stylo-plume en crache de fierté non dissimulée en
faisant un pâté qui ponctue la phrase.
Irritée, la cancérologue décale sa chaise pour lui signifier
que ce n'est pas son problème.
Il n'a pas dit son dernier mot et lui tend le calepin, lui
montrant du menton le radiologue, son mari.
Elle fait mine de ne pas voir et ressort de son sac *Le
Lambeau.*
L'Orphelin abandonne en soupirant, aussitôt imité par
son épouse qui a pris de son chihuahua l'habitude de coller
à son maître.
Le regard courroucé des terroristes le rappelle à l'ordre.

Madame Comme-chien-et-chat regrette ses sautes
d'humeur qui, elle le sent bien, n'ont dû échapper

à personne. Elle en a honte. Mais ce qui est fait est fait. Elle ne peut pas revenir en arrière.

Tout me pèse. Je me réveille chaque matin avec l'envie de replonger la tête sous l'oreiller. Plus le soleil brille et plus je me sens mal jusqu'à en avoir la nausée. Je me dis qu'il va falloir lutter jusqu'au soir contre cette boule d'angoisse qui monte et qui m'étreint de plus en plus fort. Qui finira bien par me tuer. Plus je dors et plus je me sens lasse, lasse à en mourir. Pas la peine de consulter, je sais : je suis en pleine déprime. C'est terrible à avouer et je ne sais pas comment l'interpréter, mais quand j'entends parler d'une catastrophe, je me sens tout de suite plus légère et je respire mieux, comme si on m'avait retiré ce poids dans la poitrine. Quelle qu'ait été ma mauvaise humeur de tout à l'heure, j'ai comme l'impression d'être aujourd'hui plus en forme qu'hier.

Elle quitte alors son air revêche comme un serpent qui se débarrasserait de sa peau d'hiver pour onduler dans sa tenue printanière. Elle en deviendrait presque belle si l'on pouvait effacer d'un coup d'éponge l'image désastreuse qu'elle a donnée d'elle-même quelques minutes plus tôt.

Ma tante et Madame Comme-chien-et-chat se dévisagent l'une et l'autre.

Ma tante est perplexe.

Je mettrais ma main au feu que je l'ai déjà vue quelque part. Ça ne peut être qu'ici, suis-je bête. C'était... je crois que j'y suis, il y a six mois, à la dernière consultation, novembre ou décembre, je ne sais plus. Si, décembre. J'ai un bon repère. Il avait neigé au petit matin, et nous avions bien failli, ma compagne et moi-même, ne pas pouvoir arriver. Des trains avaient été supprimés au départ de Rambouillet. On pensait ne jamais être à l'heure.

Je ne sais pas comment nous nous sommes débrouillées pour arriver à temps.

Ma voisine engueulait son mari exactement comme elle l'a fait tout à l'heure. Il avait glissé sur la neige et ils étaient arrivés à l'hôpital, lui boitillant, et, elle, furibonde. Elle avait peur que le docteur ne veuille plus les recevoir. Tout le monde était arrivé en retard. Quelle guigne ! La neige en novembre dernier et la prise d'otages aujourd'hui. C'est autrement plus grave aujourd'hui ! On avait discuté toutes les deux. Ça me revient. Elle m'avait expliqué qu'elle avait été conseillère principale d'éducation au collège Claude-Monet dans le 13ᵉ arrondissement de Paris et qu'elle avait attendu avec impatience la retraite, mais qu'au bout du compte tout ne s'est pas passé comme elle l'avait imaginé. En veine de confidences, quoi. C'est drôle, ça arrive souvent que de parfaits étrangers se confient à moi. Je dois inspirer confiance.

Madame Comme-chien-et-chat se fait les mêmes réflexions.

Toute fragile, elle ressemble plus encore aujourd'hui qu'il y a six mois à un enfant apeuré. Elle triture sa revue et en tourne les pages comme le ferait un automate.

Ce n'est pas étonnant que nous retrouvions toujours les mêmes à nos consultations. Les infirmières les programment de six mois en six mois afin que les ordonnances prescrites pour un semestre puissent être renouvelées à temps.

Elle sursaute au moindre raclement de gorge des méchants. Pour être franche, je serais, moi aussi, incapable de lire. Impossible de fixer mon attention. Dès qu'ils font un pas, je me dis que ça y est, que tout est fini, et qu'ils vont nous tirer dessus. Tout à l'heure, j'ai eu une

crampe au mollet droit. D'habitude, je me lève pour faire
quelques pas pour que ça passe. Là, je n'ai même pas osé.
La peur nous colle à la peau, les visages ont les traits tirés
maintenant, et tout le monde a l'air si las...

Elle avait rendez-vous le jour où il avait neigé et où ce
crétin avait failli m'entraîner dans sa chute en se rattrapant
à moi. Dieu, que j'ai eu peur! Avec mon ostéoporose,
j'aurais pu me fracasser le col du fémur. Il n'en perd pas
une. Pour passer le temps, on avait discuté. Elle avait un
Stabilo jaune pour surligner sa revue : La rentrée litté-
raire de septembre. Que m'avait-elle raconté? Oui, qu'elle
avait été bibliothécaire au lycée général de Rambouillet.
On s'était dit qu'on avait eu de la chance de travailler
au contact de jeunes. Elle regardait justement un article
sur le Goncourt des lycéens, m'assurant que les jeunes
avaient toujours du flair et un jugement sûr. Ce ne sont
pas les miens qui auraient pu dépasser les dix premières
pages d'un de ces bouquins. Je me demande d'ailleurs s'ils
comprenaient quelque chose à ce qu'ils lisaient. Je suis
sûre que non.

L'aînée des Espagnoles aurait aimé faire un tour de table
pour en connaître un petit peu plus sur chacun, histoire
d'avoir une trame sur laquelle broder, sans être obligée
de tout inventer quand elle racontera « la prise d'otages ».

Claire voit s'agiter son couple de sportifs. Le mari pose
la main sur l'épaule de son épouse pour l'empêcher de se
lever.

Claire saisit ce qu'il se passe. Prenant son courage à
deux mains, elle s'approche des geôliers.

— Au moins deux patients que vous retenez ici
prennent des médicaments diurétiques, qui donnent envie

d'uriner. Si vous ne les laissez pas sortir, ils ne tiendront pas en place bien longtemps.

Le premier hausse les épaules. Ce n'est pas son problème. L'autre, ennuyé, cherche une solution.

— Vos patients en question, ce sont des hommes ? Dites-leur alors de venir se soulager dans le lavabo. Ils tourneront le dos aux autres. Je pousserai la porte du réduit derrière eux.

Cette pissotière de fortune pourrait faire l'affaire. Je vais les prévenir. Mieux que rien.

Claire oublie un instant ses peurs. Se perdre dans l'action est un remède efficace. Il faudrait qu'elle puisse trouver un récipient pour le remplir d'eau, car elle doute fort que ses patients acceptent, si la prise d'otages devait se prolonger, de venir ensuite boire au robinet du lavabo.

Le radiologue, qui a entendu l'échange, devine le cheminement de ses pensées. Il lui pointe du doigt le sac des deux sœurs duquel dépasse le goulot de la bouteille.

Qu'elle demande donc aux marchandes des quatre saisons de me passer leur grand cru et je me ferai un plaisir de sabrer leur bouteille avec mon canif. Elle pourra la remplir d'eau après l'avoir vidée. Claire a compris grâce à ses gestes éloquents ce qu'il avait l'intention de faire.

Les sœurs se font un peu prier avant de céder la bouteille.

Quand je pense qu'on l'avait choisie exprès pour la doctoresse et son mari, c'est tout de même dommage, enfin, c'est bon, on comprend.

Sous les yeux éberlués des deux sœurs qui engrangent encore de quoi animer plusieurs soirées ibériques, le radiologue sabre la bouteille d'une main experte.

Je ne pensais pas qu'avoir été économe de salle de garde pendant toute la durée de mon internat pourrait me servir quarante ans plus tard. Combien de bouteilles ai-je sabrées pour nos améliorés hebdomadaires ? Plusieurs centaines au moins.

En salle de garde, la tradition veut en effet que l'utilisation du tire-bouchon soit prohibée.

Claire vide la bouteille et la rince à plusieurs reprises avant de la remplir d'eau.

20

GIGN

Elle est arrivée légère comme un zéphyr, sans passer par les fenêtres qui sont fermées ni par la porte qui est bloquée. Mais elle est bien là. Et depuis, elle va et vient, enfle soudain, puis s'éteint pour repartir de plus belle. C'est la rumeur d'une intervention imminente du GIGN qui est partie d'on ne sait où et qui s'est ensuite très vite propagée.

Annette, j'ai du nouveau. Le GIGN se prépare. Tu vas encore me dire que tu ne supportes pas les sigles.

Je t'entends maugréer comme si tu étais là : « GIGN, tu peux traduire ? »

Il semblerait qu'ils aient pris les choses en main.

Si c'est vrai, eh bien tant mieux ! La situation va enfin se débloquer.

Curieux quand même. On n'a plus nos portables, donc pas de contact possible avec l'extérieur, et nos cerbères ne desserrent pas les dents. Qui diable a pu être prévenu de l'arrivée du GIGN ?

— GIGN, j'ai pas rêvé, Léon ? Madame « Ma femme est un soleil » hache sa question en un souffle que seul Léon peut deviner.

— Ne t'en fais pas, lui fait-il comprendre par un signe de tête.

D'où vient ce bruit chuchoté qui court depuis quelques minutes. Je me demande bien qui l'a lancé. C'est faux, archifaux. Le GIGN n'interviendra pas. Cette prise d'otages a été organisée par une brigade anticriminelle ou antiterroriste. Je fais confiance au Rebelle. Il ne faudrait pas que les hommes du GIGN fassent tout capoter en se pointant avec leurs gros sabots. Laissons-les s'agiter à propos du GIGN, ça les occupe et c'est bien comme ça.

— Irène, tu entends ? On va être sauvés par le GIGN, ils arrivent ! Dans son excitation, Monsieur Comme-chien-et-chat a élevé le ton, auquel a répondu un froncement de sourcils courroucé du terroriste, de celui qui est déjà intervenu avec brutalité et qui fait mine de se lever mais qui finit par renoncer.

Qu'il arrête de me postillonner dans l'oreille comme ça, c'est dégoûtant. Qu'est-ce qu'il peut être crédule. Croire au premier bruit qui court, bêtement, sans se poser la moindre question.

Et même si c'était vrai, s'il veut mon avis, je ne suis pas sûre que ce serait une bonne nouvelle. Ils font souvent plus de dégâts encore que les terroristes eux-mêmes.

Une intervention du GIGN, pfff !
L'Orphelin esquisse un petit sourire de dédain.

Ils n'y connaissent vraiment rien. Si une intervention devait avoir lieu, ce ne serait pas celle de la gendarmerie, le GIGN, mais celle du RAID, de l'unité d'élite de la Police nationale.

— À Paris, c'est le RAID qui intervient, siffle-t-il entre ses dents.

Faut-il que je rectifie ?
Il hausse les épaules.
Non, pas trop envie d'un nouveau coup de crosse.

— Le GIGN ! siffle, admirative, l'aînée des Espagnoles.
Et sa sœur de reprendre en un écho très assourdi :
— Le GIGN, comme à la télé.
Toutes les deux semblent jouer dans un téléfilm. La
réalité ? Bof !

Comment pourrait se faire l'assaut ?
Toujours pragmatique, mon oncle cogite.
*Le plus facile serait qu'ils arrivent par-derrière, par
les deux fenêtres. Ce serait d'autant plus simple que nous
donnons sur une espèce de grande plateforme qui fait
toute la longueur de l'aile. Juste derrière cette « terrasse »,
je ne sais pas comment l'appeler, il y a, si je me repère
bien, la rue Méchain. C'est par là que les voitures rentrent
dans l'hôpital.*

Ne faudrait-il pas qu'on se mette à l'abri, se demande
l'aînée des sœurs, *et à distance des fenêtres, car, quand
ils attaquent, c'est souvent le carnage.*

— On est bien placées, murmure mon oncle au creux
de l'oreille de ma tante. S'il doit y avoir des échanges de
balles entre les hommes du GIGN et les ravisseurs, on
ne sera pas sur leur trajectoire. Au moindre bruit, on se
penche en avant, et tu enfouis ta tête dans tes deux bras
pour la protéger.
Mon oncle lui montre le mouvement en le répétant deux
fois très lentement. D'un signe du menton, elle lui demande
de s'exécuter pour lui montrer qu'elle a bien compris.

Ma tante s'applique, suivie par les deux sœurs qui ont observé la démonstration.

— Pas très rassurant, chouine la plus jeune des sœurs. C'est la position de sécurité des passagers quand un avion va s'écraser.

Les époux patients-médecins se lancent un regard plein de sous-entendus.

L'intervention du GIGN peut signifier tractations, mais malheureusement aussi assaut et blessés.

Le radiologue, qui a de la suite dans les idées, refait l'inventaire de ses garrots.

Son épouse, la cancérologue :

Peut-être serait-il sage de lui rappeler qu'un garrot se fait en amont de la plaie artérielle. Dans la panique, tout le monde peut faire des bêtises, même un radiologue censé avoir de solides notions d'anatomie.

Au risque d'être un peu lourde, je serais plus tranquille s'il grignotait le morceau de nougat que lui a proposé tout à l'heure ma voisine. Une glycémie momentanément haute est de loin préférable dans ces circonstances, à une glycémie un peu basse.

Obéissant, il attrape le morceau que sa femme lui tend et qui lui laisse les doigts poisseux et, une fois dégluti, une terrible sensation de soif.

Le GIGN !

Claire se remémore sa conversation récente avec une infirmière des soins intensifs de cardiologie. La jeune femme lui racontait qu'elle venait de se marier avec, selon sa propre expression, un de ceux-là (des hommes du GIGN), s'exclamant avec la fougue de ses 25 ans et avec gourmandise : « Mmm, mais qu'est-ce que je les aime, ces hommes ! », comme si ce n'était pas un homme qu'elle avait épousé, mais une profession entière ou plutôt l'image qu'elle en avait.

Prise d'une bouffée de désir tout aussi subite qu'inattendue, Claire se revoie jeune externe, venir rejoindre dans sa chambre de garde située à quelques mètres de cette maudite salle d'attente celui qui allait, envers et contre tout, devenir son mari.

Claire se fait violence pour s'arracher à ses émois de jeune étudiante en médecine.

Ah, le GIGN, je connais.

Un flot de souvenirs submerge la patiente sportive.

J'en ai soupé, il y a trente-cinq ans.

Avec une amie, je m'étais inscrite à une semaine d'entraînement intensif proposée par le GIGN. On était prêtes à tout. Une espèce de défi, quoi. On voulait se surpasser. On était loin d'imaginer ce qui nous attendait : lever à cinq heures, quinze kilomètres de footing, pompes et autres réjouissances du petit matin sous les aboiements d'un colosse devant lequel on n'en menait pas large.

Petit déjeuner, puis cours théoriques.

Après le déjeuner, enchaînement de plusieurs parcours du combattant.

Le soir, débriefing, pendant lequel on tombait raides mortes de fatigue.

Nous avions été trois à être sélectionnées au terme de ce stage, pour une formation accélérée qui nous donnait la possibilité d'intégrer, en deux ans, ce corps d'élite.

Je n'avais pas donné suite. Je m'étais inscrite à ce stage dans l'optique d'une simple remise en forme avant la saison de ski.

Mon mari et mes fils m'avaient traitée de folle.

J'étais revenue au lycée couverte de bleus dont je n'avais pas osé avouer la provenance à mes élèves, alors que je les initiais à la douceur angevine façon Joachim du Bellay. J'avais prétexté une mauvaise chute dans l'escalier pour couper court à tout commentaire. Il n'aurait plus manqué qu'on me prenne pour une femme battue!

Entre nous, j'aurais pu l'être si mon mari avait été un violent parce qu'il s'était farouchement opposé à ce stage. Il avait été furieux contre moi. Lui qui n'est pourtant pas rancunier m'en avait voulu pendant de longs mois. Et puis, nous n'en avions plus jamais reparlé.

(Lui) Le GIGN, encore un coup pendable de ma femme. Je n'ai toujours pas compris aujourd'hui quelle mouche l'avait piquée. Son coup de tête avait ébranlé notre couple, et je m'étais senti minable et déboussolé. Je m'étais même demandé si elle ne trouvait pas notre relation un peu trop plan-plan, et si ce n'était pas une façon détournée de me faire savoir qu'elle voulait qu'on la pimente un peu. Quand je lui en avais parlé, elle m'avait répondu que je ne comprenais vraiment rien à rien, et que le sujet était clos.

C'est le fils de Mohammed qui bosse au GIGN. Il en est même le chef. C'est Mohammed qui, fier de son fils, l'a raconté «au chef de famille», son ami.

Une attaque terroriste dans un hôpital, c'est grave, alors c'est sûr qu'ils nous ont envoyé un chef, et le chef, c'est le fils de Mohammed. Mohammed a raison d'être fier de son fils. Ça a toujours été un bon gars qui travaillait bien à l'école. À la télé, on ne peut pas le reconnaître, m'a dit son père, parce qu'il porte une cagoule sur la tête, mais moi, je le reconnais parce qu'on habitait sur

*le même palier. Il faut que je le dise à ma femme. Elle
va être si contente, la pauvre, que le fils de Mohammed
vienne nous délivrer.*

(Elle) *Allah est grand, Allah, Tu nous protèges. Le fils
de Mohammed va venir nous chercher. Je l'ai connu tout
petit et je l'ai même gardé au parc. Inch Allah !*

(Lui) *Si j'avais eu le portable, je l'aurais appelé pour
lui raconter pour son fils.*

Le GIGN ravive chez l'Assisté des souvenirs anciens
mais toujours bien présents. C'était en 1972, pendant les
Jeux de Munich. Il avait alors 32 ans et n'était à l'époque
pas materné, encore moins assisté. Il avait terminé ses
études de journalisme à Munich, depuis un bon moment.
En dépit de la notoriété de son école, il avait du mal à
percer. Un petit hebdomadaire l'avait envoyé couvrir les
Jeux, pas en tant que journaliste sportif, ce qu'il n'était
pas, mais comme journaliste généraliste « d'ambiance ».
Il avait pu loger dans le village olympique. Une chambre
lui avait été réservée dans le pavillon jouxtant celui de la
délégation israélienne. Et quand l'organisation terroriste
palestinienne Septembre noir s'en était pris aux membres
de l'équipe olympique d'Israël, il avait été aux premières
loges, et la spontanéité de son analyse avait boosté sa
carrière.

Six mois plus tard, il était à Paris comme correspondant du *Berliner Zeitung* en France.

Puis, en 1973, le GIGN avait été créé au sein de l'es-
cadron parachutiste de Mont-de-Marsan en France en
réponse à la multiplication des prises d'otages du début
des années soixante-dix. Il avait alors fait paraître, avec
succès, une relecture à deux ans des événements de
Munich.

21

Jour J

Romain finit de s'habiller. Il prend son temps. Ils ont prévu très large. Il se sent à l'aise dans cette chemise blanche un peu jaunie. Il a enfilé le pantalon en prenant soin de ne pas y rentrer les pans de la chemise, puis le gilet. Il noue autour du cou un lacet noir puis boutonne la veste en lin froissée jusqu'en haut. Les souliers ont eu droit à un traitement spécial. Enduits la veille d'une crème à base de cire d'abeille, ils ont été lustrés. Ils ne brillaient pas suffisamment ce matin au goût de son coéquipier qui a voulu les frotter encore et encore avec une peau de chamois. Elles étincellent à présent.

— Allez, c'est bon, je vais être en retard. Passe-moi les pompes.

— Tiens, prends-les par les talons pour ne pas mettre les doigts dessus. Tu te sens bien dedans ?

— Ça va faire huit jours que je les porte, tes satanées godasses. C'est tout juste si on ne m'a pas demandé de dormir avec.

— Malheureux, jamais de double nœud ! Ce ne sont pas des baskets que tu as aux pieds. Serre à fond la boucle. Pour la voix, c'est top, on a un mal fou à te comprendre. Tu t'es joliment esquinté.

Pendant une quinzaine de jours, Romain s'est époumoné de karaoké en karaoké, et le résultat n'a pas tardé. Sa voix a fini par le lâcher.

— Je t'ai mis les deux anneaux dans un sachet. Ils sont dans la poche intérieure du veston. Enfile-les tout de suite pour ne pas oublier. Je te rappelle, les deux sur l'annulaire et le majeur gauches. Et pour la barbe, elle est taillée un peu plus court sur la photo. J'ai apporté la tondeuse. Ne bouge pas, j'y vais. Je la retravaille sur les côtés. Tourne-toi à droite... Encore un petit peu sur les pattes. Là, je crois que c'est bon. Regarde-toi dans la glace.

Romain saisit la glace, se contemple de face puis de profil, droit et gauche, baisse les yeux sur une photo de Maestro et se met à rire.

— Parfait! Les vêtements, les chaussures, les bagues et la voix, tout y est, et à moins que tu rencontres le conjoint ou un très intime, les autres n'y verront que du feu, constate le coéquipier de Romain, satisfait. Tu es Maestro. On ne voit jamais que ce qu'on s'attend à voir. Je récapitule. Romain, s'il te plaît, je te demande encore quelques minutes d'attention. Maestro, pas toi, le vrai, le mafieux qui croupit encore dans sa cellule, va arriver dans une petite demi-heure, moins que ça, corrige-t-il après avoir jeté un œil sur sa montre. Tu seras caché ici, dans cette salle de désinfection, juste à côté de la pièce où se déroulera l'examen. Elles communiquent l'une avec l'autre, tu vois? (Il ouvre et ferme la porte.) Une fois Maestro installé dans la salle d'examen et les flics sortis dans le couloir, ce sera à ton tour de jouer. Tu le mets K.-O. sans faire de bruit, tu le planques dans le placard de la salle de désinfection et tu prends sa place. L'examen est censé durer vingt minutes environ. Tu as le temps, mais ne traîne pas.

— Dis, un petit souci, reprend Romain de sa voix éraillée et l'air faussement inquiet. Quand on finira tous les deux, Maestro le vrai et moi le faux, entre les mains des flics censés le surveiller, comment pourrai-je prouver que je suis moi et non pas lui ? Et lequel des deux sera reconduit au trou, t'y as pensé ?

— Arrête ton char, Romain, c'est pas le moment de plaisanter. Le fourgon vient de partir, ça a bipé sur le portable. Notre coco est en route. On se casse, le temps que les flics fassent leur tour d'inspection. Vite, dépêche-toi !

Ils s'éclipsent l'un derrière l'autre vers l'escalier de secours. Le couloir est désert, comme l'ont exigé les policiers à leur premier passage. Les deux hommes s'y engouffrent.

— On monte à l'étage supérieur.

— Tu crois que ça suffira ?

— T'en fais pas. Ils vont juste vérifier que le verrou est bien fermé de l'intérieur et n'iront pas chercher plus loin. Ils veulent juste être sûrs que personne ne peut arriver par là.

— Et nous, comment fera-t-on pour revenir ?

— Tout est prévu. Tu entends ce bruit ? C'est Hadrien, le médecin, il est dans la combine. Il vient de fermer le verrou qu'il débloquera dès que les policiers seront passés. Je vais perdre patience. C'est la dixième fois que je t'explique tout ça. Arrête de faire semblant de ne rien comprendre, ce n'est pas drôle.

Romain adore titiller son ami. Ça marche à tous les coups.

— Je te rappelle qu'en dehors de la DGSI et d'Hadrien personne n'est au courant. Une fois entre les griffes du loup, tu ne pourras plus compter que sur toi-même.

— Et notre agent, tu l'oublies ?

— Non, je ne l'oublie pas, mais je n'ai pas reçu sa photo. Ils devaient pourtant me l'envoyer. Attends, je vérifie. Non, rien. Embêtant pour toi. Je ne sais pas comment tu pourras le repérer. Il lui a fallu trois bonnes années à notre collègue pour infiltrer la mafia. Inutile de te dire qu'il fera preuve d'une extrême prudence afin de ne pas se griller en essayant d'attirer ton attention. Fin limier, il serait même devenu l'un des hommes de confiance de ce fichu réseau.

Sous ses dehors décontractés, Romain est tout sauf un novice. Il a du métier.

Il s'astreint à quelques exercices de respiration pour se décontracter. Comme tout sportif avant une compétition, il fait le vide et se concentre. Il se remémore en accéléré toutes les connaissances nouvelles qu'on lui a fait ingurgiter en un temps record sur l'opéra allemand et italien, les antiquités moyen-orientales, la ville de Nice, histoire de faire illusion. Personne ne doit avoir de doute sur le fait qu'il est Maestro. Il n'est pas trop inquiet car il pourra, en cas de panne sèche, se retrancher derrière sa fausse pathologie ORL.

« Le jeu en vaut-il la chandelle ? », se demande Romain tout en reconnaissant que c'est un peu tard pour se poser la question qui le taraude. Il doit maintenant assurer, il n'a plus le choix.

Pas plus l'administration de l'hôpital que celle de la prison de la Santé n'a été mise au fait de ce qui allait se passer dans les murs de ce pavillon hospitalier. La manip a été montée à leur insu.

Les risques qu'elle fait courir à une douzaine de malades qui n'ont rien demandé et qui ont déjà suffisamment à faire avec leur maladie, à quelques médecins ainsi qu'aux policiers venus escorter le Maestro à Cochin sont-ils acceptables ? C'est discutable.

Des pas se rapprochent dans le couloir. Des portes sont ouvertes puis refermées. Deux policiers venus en éclaireurs regardent partout. Ils font un petit salut militaire à Hadrien qui, sans le montrer, n'en mène pas large. Romain et son collègue les entendent faire jouer le verrou de l'escalier de secours. Ils vérifient qu'il n'y a plus personne dans les salles adjacentes, que les infirmières et aides-soignantes de la consultation ont bien quitté l'aile. La voie est libre. Ils bloquent alors les ascenseurs et donnent leur feu vert pour faire monter Maestro. Les pas s'éloignent. Il n'y a plus personne en vue. Hadrien se précipite au fond du couloir pour débloquer le verrou de la porte qui donne sur l'escalier et regagne la salle prévue pour l'examen, suivi de Romain qui s'installe dans la pièce de désinfection, juste à côté. Temps tenu !

Quelques minutes plus tard, magistral, le sourire aux lèvres, Maestro qui patientait dans le fourgon sécurisé fait son apparition, encadré par trois policiers. Il salue Hadrien qui l'attend, calme et maître de lui. Les policiers le débarrassent de ses menottes et jettent un dernier coup d'œil à la pièce. Ils se concertent. Rien à signaler.

— Docteur, appelez-nous quand vous en aurez fini avec le lascar. Nous restons juste derrière la porte. Ils sortent de la pièce et s'adossent contre le mur du couloir.

— Allons-y, fils, je suis à toi.

Grand seigneur, Maestro se déshabille et suspend avec soin ses vêtements aux patères prévues à cet effet. À peine a-t-il le dos tourné que Romain, qui s'est avancé à pas de loup, telle une ombre dans la salle obscure, se jette sur lui pour lui planter l'aiguille d'une seringue remplie d'un puissant sédatif dans le gras de l'épaule dénudée. Maestro s'affaisse sans un bruit, comme une poupée de chiffon, dans les bras solides de Romain. Il est bâillonné, cagoulé et ligoté avec soin. Romain le traîne par les pieds sans trop de ménagement dans la salle de désinfection qui communique directement avec la salle d'examen. En à peine quelques secondes, le tour est joué et l'échange s'est fait sans que les policiers qui font le guet devant la porte n'aient été alertés de quoi que ce soit. Hadrien avait, pendant ce temps, posé la sonde ultrasonique de son appareil d'échographie sur sa propre carotide et en avait amplifié le son de façon à couvrir tout bruit qui aurait pu paraître suspect aux policiers.

Maestro, endormi, ligoté et bâillonné, est planqué sous l'évier. Sa veste et sa chemise sont roulées en boule et lui sont glissées sous la tête. Les bidons de désinfectant habituellement rangés dans le placard avaient été évacués par Hadrien la veille et empilés avec soin dans un recoin de la pièce.

Romain s'installe à la place du véritable Maestro sur la table d'examen.

— Ils viendront récupérer Maestro un peu plus tard. Il va se tenir tranquille un bon moment, avec la dose de cheval injectée. J'espère quand même que je n'ai pas trop forcé sur la dose, dit-il à voix basse. Courage, Hadrien, c'est maintenant que ça va se corser et qu'on va s'amuser.

Imperturbable, Hadrien suit les ordres. Sans se démonter, il donne les instructions à « son patient » à haute et intelligible voix, comme s'il s'adressait au véritable Maestro.

— Maestro, je vais vous demander de pédaler en essayant de conserver le même rythme, aux alentours de soixante tours par minute. Vous voyez, ça s'affiche là, sur l'écran. Je vous colle des électrodes sur le thorax qui me permettront de surveiller votre rythme cardiaque pendant toute la durée de l'effort, qui va être de plus en plus difficile, comme si vous grimpiez une côte. Et avec ma sonde d'échographie, je vais analyser la façon dont votre cœur se comporte à l'effort. Il faudra que vous alliez jusqu'au bout de vos possibilités pour que le test soit valable. C'est bon, fin prêt, Maestro ?

— C'est bon, fils, j'y vais.

— Parfait. On ne parle plus. C'est parti.

Au bout d'une dizaine de minutes, Romain arrête comme prévu de pédaler. Hadrien le surveille quelques minutes encore avant de débrancher l'électrocardiogramme et lui demander de s'habiller.

Qu'est-ce qu'ils foutent, s'interroge Romain. Ils devraient déjà être là. Hadrien lui lance un regard interrogatif. Romain hausse les épaules, voulant par ce geste lui signifier qu'il ne sait pas ce qu'il se passe.

Au bout de quelques minutes et sur un signe de tête de Romain, Hadrien prévient les policiers que l'examen est terminé. Ils entrent dans la salle, ajustent les menottes du détenu, et, avant d'avoir pu prévenir le chauffeur du fourgon que le prisonnier ne va pas tarder à descendre, la porte s'ouvre d'un violent coup de pied. Quatre hommes s'engouffrent dans la salle. Deux s'emparent de Romain, croyant avoir affaire au Maestro. Ils hurlent aux policiers : « Des otages sont retenus dans la salle d'attente par nos hommes. Au moindre geste, on s'occupe d'eux, en commençant par le médecin. » Hadrien sent une poigne de fer lui enserrer l'épaule et un contact glacial sur la tempe. Les policiers obtempèrent et détachent complètement

Romain qui, en grand seigneur, se frotte longuement les deux poignets.

Prends ton temps avant de parler. Comment aurait réagi Maestro en pareille circonstance?

Romain se lisse le menton, se racle la gorge en grimaçant de douleur.

— Lâchez le médecin.

Il salue Hadrien et les policiers, avec peu de voix certes contrebalancée par beaucoup de panache.

— Merci de votre compréhension, Messieurs. Je suis, comme vous avez pu le remarquer, dans l'obligation de vous fausser compagnie. J'en suis navré. Au revoir, Hadrien, j'ai été ravi que nos destins se croisent.

Puis, s'adressant aux hommes venus le récupérer:

— Je pense qu'il n'est pas nécessaire que je me présente et que vous avez tous entendu parler de moi. Délestez nos amis les policiers de leurs armes. Allez-y mollo les gars, la brutalité, je n'aime pas trop. Il serait regrettable que vous leur fassiez du mal. Passez-leur les menottes et attachez-les quelque part. Je vois un gros rouleau de bande élastique sur le chariot, là, près du mur. Bâillonnez-les. Pas la peine de serrer plus fort. Qui veut bien me récapituler la suite des opérations?

— On n'a rien changé au plan, Maestro, répond l'un des hommes. On a fait comme vous aviez dit. Les deux ambulances avec nos gars vous attendent en bas. Les consignes, bah, c'est simple, vous récupérez, vous, les trois patients otages et leurs gardiens. Cap sur le Val-de-Grâce. L'hélico ne va pas tarder.

— Parfait, les amis. On est partis de la Santé avec un peu d'avance. J'ai eu peur de vous voir arriver après coup.

— Aucun risque, Maestro. On avait nos guetteurs, rue de la Santé. Qu'est-ce que vous croyez?

Romain force un peu sur sa voix cassée pour se faire entendre et s'affirmer.

— Toi, passe-moi donc ton portable et branche-moi sur tes copains de la salle d'attente.

Allô, les gars, c'est Maestro. C'est bon, on file. Vos trois otages sont prêts ? Et pas de mélodrame surtout, compris ? Faites-les sortir, on vous retrouve.

Se tournant vers le propriétaire du portable :

— Appelle maintenant tes copains de l'ambulance et dis-leur de mettre les moteurs en route.

22

L'heure du choix

L'attente s'éternise. Les patients gigotent sur leurs sièges et font grincer le linoléum de la salle d'attente. Des soupirs répondent aux bâillements ou même aux tremblements. Quelques éclats de voix excédés sont vite étouffés.

L'angoisse remonte en flèche quand les malfrats annoncent qu'il leur faut trois otages pour couvrir l'évasion d'un détenu.

S'adressant fermement à Claire : « Trois, et pas de femme. »

Le premier otage sera le commissaire, décide aussitôt Claire. Elle fait un signe de tête à Léon, qui lui répond par l'affirmative.

Léon est pétri d'angoisse. Pas de se proposer comme otage, la question ne se pose même pas, mais à l'idée que son rôle puisse être crucial. Il retrouve d'instinct ses réflexes de vieux routier.

Léon réfléchit à ce que sera le rapport de force en cas d'affrontement : d'un côté, le Rebelle très bien équipé, les deux otages « nus », et lui, Léon, pas plus armé que les deux otages, mais, à la différence de ces derniers, bien expérimenté.

Côté adverse, le truand armé et ses complices qui ne vont pas tarder à débouler en nombre.

Qui choisir d'autre, qui ait une condition physique acceptable et un mental solide ?

Claire hésite.

Agir la dégage de la boule d'angoisse qui l'étreint depuis le début de sa captivité.

Ils sont parqués depuis plus de deux heures dans la salle d'attente, et le dénouement semble se profiler. Elle le redoute plus qu'elle ne s'en réjouit.

L'irréversible n'a pas eu lieu. Ils sont tous en vie. Il n'y a pas eu, pour le moment, de blessé.

Il lui faut encore deux otages.

Le truand trouve le temps long. Il trépigne. Les choses ne vont pas assez vite à son goût. Il est inquiet.

À quoi ça rime, toutes ces simagrées ?

Et pourquoi c'est au docteur de choisir ?

C'était pourtant pas bien compliqué. On en désignait trois nous-mêmes et basta. Qu'est-ce qu'on en avait à foutre de savoir qui prendre comme otages ?

Il débloque, l'autre ? Le fameux nouvel homme de confiance... Surtout un enfoiré qui arrête pas de faire de la lèche au patron et qu'on m'a fourgué comme coéquipier. Faut que j'm'l'farcisse !

Je l'avais prévenu, le patron, que son chouchou n'était pas fiable. Je voulais pas faire équipe avec lui.

Le fourgon vient de partir. Et nous, qu'est-ce qu'on fiche ?

Quel bordel ! Ça va barder.

L'homme à l'étincelle s'est réfugié dans sa bulle. Il fait le point.

Annette, c'est le moment ou jamais de te montrer qui je suis, et de ne pas te décevoir.

Il leur faut trois otages pour couvrir l'évasion d'un dangereux détenu. Le médecin m'a proposé d'en être et j'ai accepté.

Elle sait que, depuis que tu es partie, tout m'indiffère, que je n'ai plus d'attache et que je ne crains pas de mourir. Je lui ai souvent parlé de toi, en fait, à chaque consultation.

J'ai réfléchi et je me suis porté volontaire. Je t'avouerai même, Annette, mais tu es la seule à qui j'oserais le dire, que ça m'excite un peu. C'est bien la première fois depuis ton départ que je trouve un peu de sel à la vie.

Qu'en penses-tu ? Tu vas te moquer de moi, je le sens. Tu vas me dire que je n'ai rien à perdre, que ce que je fais n'est pas un acte de bravoure et que tu ne comprends même pas que j'aie pu hésiter. J'espère que l'occasion me sera donnée de te montrer mon courage et que tu veilleras sur moi.

L'homme à l'étincelle refait ses lacets et récupère une pastille Valda collée au fond de sa poche. Il est prêt et sans états d'âme.

Claire quitte Monsieur Comme-chien-et-chat après un bref échange.

J'ai accepté sa proposition et je suis fier qu'elle me l'ait faite. Je n'ai pas encore prévenu Irène comme elle m'a engagé à le faire pour qu'elle ne soit pas prise au dépourvu. Toutes mes initiatives sont toujours malvenues, et ce, quoi que je fasse. Si je lui dis que je refuse parce que c'est trop dangereux, elle va me tomber dessus : « Tu n'es qu'un lâche, je l'ai toujours su et, aujourd'hui, j'en ai la preuve. »

*Si je lui demande son avis avant de dire oui, elle m'ac-
cablera de reproches : « Tu m'abandonnes alors que le
devoir d'un mari est de protéger sa femme. Jamais je
n'ai pu compter sur toi. Tu saisis le moindre prétexte
pour t'éloigner. Me savoir bientôt veuve ne te fait appa-
remment ni chaud ni froid. Je pense que je ne m'en
porterai pas plus mal. Ça flatte ton orgueil, hein, de te
sacrifier pour les autres. C'est ça que tu veux, c'est de la
reconnaissance. »*

*Je ne suis pas sûr d'avoir tout saisi. Un détenu cherche
à s'évader ? Nous, les otages, on est là pour couvrir leur
retraite ? Tout ça me semble trop incroyable pour être
vrai. En revanche, j'ai bien compris que je devais me tenir
prêt et me lever au premier signal des hommes armés.
Rien que d'y penser me donne la chair de poule. J'espère
que je ne flancherai pas. Je me suis porté volontaire. On
compte sur moi.*

Monsieur Comme-chien-et-chat se fixe comme objectif
de comptabiliser toutes les taches visibles sur le linoléum
et de chasser toute pensée qui pourrait perturber son
calcul.

Léon est prêt.

*Je n'avais rien vu du manège du Rebelle. C'est seule-
ment quand elle m'a pointé du doigt le tic d'abord, puis
la gigue des pieds, que ça a fait tilt.*

Il la sait fine observatrice. Elle regarde tous les épisodes
la série *Columbo*.

Concentrée du début à la fin, il ne lui est pas rare de
prendre de vitesse l'inénarrable Peter Falk. Léon lui a
souvent dit qu'elle aurait été une excellente inspectrice
et qu'il aurait adoré faire équipe avec elle, ce à quoi elle
a toujours répondu qu'on ne mélangeait pas vie privée

et vie professionnelle. Et tant qu'à faire, pourquoi ne la voyait-il pas commissaire, après tout ?

« Non, à la maison, c'est déjà toi le chef. Laisse-moi assurer le rôle de commissaire au boulot », avait-il l'habitude de lui répondre.

Il vient de réendosser son costume de commissaire.

Il se revoit en pleine force de l'âge. Un roc. Il n'a plus maintenant ni la forme physique ni la rapidité de prise de décision dont il faisait preuve quand il était aux commandes. Un frisson le parcourt des pieds à la tête quand il envisage la cascade de catastrophes qui pourraient découler d'une mauvaise évaluation de la situation de sa part : se joue le sort des patients parqués ici depuis le début de la matinée, et si ce n'était que ça, mais aussi celui de nombreux innocents si les attentats dont il a eu vent par les pieds du Rebelle ne sont pas déjoués à temps. Le commissaire serre les poings. Il se doit d'être à la hauteur, se cabre et refoule doutes et bouffées d'angoisse.

Mon oncle se rebiffe et bougonne.

La cardiologue vient de me quitter. « Non, pas de femme otage. » Consigne de la racaille.

Pourquoi une femme serait-elle moins courageuse qu'un homme ?

Quels stupides préjugés !

Les hommes sont des lâches, pas les femmes. C'est connu...

Un exemple : une petite cousine, médecin militaire partie en Afghanistan. Un petit bout de bonne femme, de cinquante kilos, avec cinquante kilos de matériel sur le dos et par cinquante degrés de température extérieure.

Qui ont été les volontaires pour cette mission? Deux tiers de femmes pour un tiers d'hommes.

Et croyez-moi, les médecins militaires ont l'obligation de ne pas être une charge pour les combattants. Ils sont peut-être là pour soigner les blessés, mais ils doivent être capables d'assurer leur propre défense.

Ma cousine a gravi tous les échelons, pas comme un homme, je précise, mieux qu'un homme. Elle est maintenant colonel, avec des hommes qui filent doux sous ses ordres.

Voilà ce qu'elle aimerait leur dire à tous, et surtout à ce commissaire vieux jeu, pour rester courtoise, qui a approuvé d'un signe de tête, le « pas de femme surtout ».

« Quel tempérament », se dit en aparté le commissaire qui croise le regard courroucé de mon oncle et qui a capté son échange avec Claire.

Il a fait équipe par le passé avec des femmes de cette trempe et n'a jamais eu à s'en plaindre. Ces binômes ont toujours bien fonctionné, beaucoup mieux qu'avec certaines collègues avec lesquelles la relation de séduction même refoulée pouvait perturber les missions de ses recrues masculines.

Tout au long de sa carrière, il a constaté que les femmes sont les plus courageuses. Il pourrait même ajouter qu'elles ont plus de sens pratique et une meilleure analyse des situations que les hommes, bref, qu'elles sont de meilleures coéquipières.

Aujourd'hui, c'est différent.

Ce qu'il a compris de cette évasion par ses échanges avec le Rebelle l'a déstabilisé.

Il a été très surpris, pour ne pas dire choqué, qu'on puisse ainsi exposer des patients fragiles à un tel degré de stress. Démanteler le réseau pour déjouer de potentiels attentats meurtriers, OK, mais pas à n'importe quel prix. On a mis en balance la tranquillité et la sécurité d'une douzaine de patients pour un très hypothétique résultat.

Il sait bien que tout a été pesé et débattu par des gens compétents, ce qui n'empêche que son éthique personnelle lui dicte de ne pas y impliquer de femmes, fussent-elles volontaires.

Les sœurs espagnoles ont de plus en plus de mal à tenir en place.

Ça se corse, un dangereux détenu de la Santé chercherait à s'évader, c'est de plus en plus palpitant. Ce qui nous arrive est tellement improbable qu'on ne nous croira jamais. Heureusement qu'on est deux à l'avoir vécu.

Il faut trois otages, et pas de femme. Dommage.

Les sœurs Cervantès faisant la une du 20 heures, j'en frissonne.

« L'évadé de la prison de la Santé est toujours en cavale. Il a embarqué sous la menace deux otages, deux sœurs, les sœurs Cervantès qui, malheureusement pour elles, avaient un rendez-vous de consultation ce mardi.

Nous n'avons pour l'instant aucune nouvelle. Sont-elles toujours en vie ? Rien ne nous permet de l'affirmer.

Leurs ravisseurs ne se sont pas encore manifestés. Leurs revendications ne sont pas connues. Nous avons perdu leur trace voilà maintenant deux heures. Les deux sœurs ont respectivement 65 et 70 ans. Leur signalement... »

Ils se procureront sans difficulté notre photo. Les enfants en ont pris l'été dernier en Galice. J'espère qu'ils n'enverront pas celles où nous posons en short, nous avons toutes les deux, et surtout ma sœur, de grosses cuisses pleines de cellulite.

« Nous restons bien entendu en ligne pour reprendre l'antenne avant la fin du journal, si jamais nous avons du nouveau. »

Elle est prise d'une soudaine compassion pour sa sœur et pour elle-même, ayant encore toutes deux tellement de choses à vivre.

Nous faisons preuve d'un sacré courage ! C'est admirable ! Allons, tout espoir n'est pas encore perdu. Des larmes de complaisance lui en viendraient presque aux yeux. Et reprenant ses esprits : « *Il y a loin du dire au faire* », *dirait mon père qui avait lu toute l'œuvre de son illustre homonyme Cervantès, et qui se faisait fort d'utiliser les maximes du père de Don Quichotte comme il aimait l'appeler, en les faisant passer pour siennes.*

De toutes les manières, ils ne veulent pas de femmes otages, et puis ma sœur est trop froussarde, elle n'aurait jamais accepté. Quand je pense qu'elle n'a même pas voulu donner un morceau de touron aux terroristes !

Dommage, on aurait fait sensation. La une des journaux de part et d'autre des Pyrénées nous aurait été consacrée ! Quelle occasion ratée !

Passablement énervé, l'homme armé se lève d'un mouvement brusque en prenant appui sur ses deux talons joints. La sœur aînée sursaute, avale tout rond le morceau de touron qui fondait sous sa langue. Elle s'étouffe à moitié et commence à respirer bruyamment.

— Je n'en peux plus, sortez-moi de là, ils vont tous nous tuer, au secours !

Les sœurs Cervantès faisant la une du quotidien *El País* ont fait place à deux vieilles femmes apeurées qui s'accrochent l'une à l'autre et que Claire peine à apaiser.

Claire avait rayé de la liste des « candidats » son collègue radiologue à cause de son diabète. Elle a comme l'impression qu'il lui en veut même s'il essaie de faire contre mauvaise fortune bon cœur. Il a fallu mettre les points sur les i. Elle se reproche d'y être allée trop fort.

Les femmes, il n'en est pas question. Il aurait été logique qu'elle se propose comme otage, parce qu'elle est plus jeune et, contrairement à ses patients, en bonne santé.

La cancérologue parlemente avec son époux le radiologue, à voix basse. Elle est furieuse mais ne peut pas hausser le ton comme elle le souhaiterait.

Il a fallu que je me fâche. Après plus de cinquante ans de diabète, se pourrait-il qu'il soit toujours dans le déni de sa maladie ? Vouloir être l'un des trois élus, un vrai gamin qui veut jouer au cow-boy ! Il délire ! Attitude suicidaire ! Sans insuline, il meurt. Qu'a-t-il encore besoin de me prouver après plus de cinquante de mariage ? Notre cardiologue n'a pas mâché ses mots. Elle a bien fait.

Et moi, quelle est ma place ? La réponse coule de source : veiller sur mon mari. Le dénouement est proche. Espérons seulement qu'il n'y aura pas trop de dégâts collatéraux.

Le radiologue rumine. *Encore et toujours lui, ce maudit diabète. On peut dire qu'il m'aura pourri la vie. Quand il m'est tombé dessus à l'âge de 25 ans, j'avais déjà tout appris dans mes cours, les complications, la nécessité d'un suivi rigoureux, la traque au sucre. Tout ça, ce n'était pas pour moi. C'était encore l'époque où je me sentais invincible et pas du tout concerné. Le diabète juvénile, on en fait le diagnostic parce qu'on urine beaucoup plus qu'à l'accoutumée, du sucre, du coup on boit* sans arriver à étancher sa soif, et on maigrit. Mais tout a disparu à partir du moment où j'ai démarré les injections d'insuline. Je n'avais plus aucun symptôme. Je me suis vite dispensé des contrôles de glycémie tout en faisant quand même attention de ne pas m'injecter trop d'insuline pour éviter les hypoglycémies, très désagréables. Je ne me doutais pas du lent travail de sape que le diabète avait déjà entrepris sur mon organisme. Je me suis réveillé un peu tard.

Puisqu'on me considère comme un handicapé, c'est bon, j'ai compris. Je ne serai qu'un otage parmi les autres et ferai en sorte de ne pas être un boulet quand tout va se jouer.

Si j'ai bien saisi, raisonne le Sportif, c'est moins grave que ce que j'avais pu redouter. Ce n'est pas un attentat islamiste, et nous ne serons pas tous massacrés. Ces malfaiteurs exigent que soient désignés trois volontaires pour couvrir l'évasion d'un détenu qu'ils sont venus récupérer à l'hôpital. Le médecin ne veut pas de moi, elle me l'a dit sans ambages. Je ne fais pas l'affaire et ce n'est pas négociable. De leur point de vue, je peux comprendre. Je suis le plus vieux, le plus fragile et sans doute le plus malade. Il faut donc m'épargner. Mais on pourrait retourner ce raisonnement. Si je regarde autour de moi, tous ceux qui m'entourent paraissent avoir une espérance de vie de bonne qualité, largement supérieure à la mienne. N'est-ce pas du gâchis que de la mettre en jeu ? J'avais déjà eu cette impression d'inutilité à l'heure de la retraite. On n'avait plus besoin de mes services. C'était aussi simple et direct que ça. Étais-je devenu du jour au lendemain un bon à rien ? J'avais eu beaucoup de mal à encaisser. Mon fils danseur a eu, lui, la chance de démarrer une deuxième vie *à l'âge de 40 ans. Mon fils, je l'avais oublié! Il doit être mort d'inquiétude. Je ne sais pas ce qui serait le pire pour lui : qu'il ait déjà appris par les médias ce qui nous arrive, ou qu'il imagine que l'un de nous va très mal, est hospitalisé, en réanimation peut-être. On approche de la fin. Pourvu que ce ne soit pas la fin tout court. Je vais approcher mon siège de celui de Jeanine afin de la neutraliser si besoin. Dieu sait ce qu'elle serait encore capable de faire.*

La Sportive a simplement rappelé qu'elle était en bon état physique, non seulement capable de disputer un sprint mais aussi de tenir la distance. Elle est volontaire et se tient à disposition. Elle se pliera sans discuter aux ordres qui lui seront donnés. Elle n'ose cependant pas reprendre son échauffement.

Peut-être aura-t-on quand même besoin de moi. Il faut que je me tienne prête, ne serait-ce que pour seconder mon mari qui aurait besoin de mon aide, en cas de retraite rapide, ou d'intervention du GIGN.

Les Orphelins prennent confusément conscience que quelque chose se trame derrière leur dos et se sentent alors plus orphelins que jamais. Étrangers à l'agitation qui a saisi les autres otages, ils se figent tous les deux dans une attitude de mépris supérieur. Claire ne s'est pas donné la peine d'aller discuter avec eux.

Pourquoi nous observent-ils tous comme des pestiférés ? Si nous avions été libérés, ma femme et moi, comme je l'avais exigé tout à l'heure, je ne me serais certainement pas défilé. J'aurais pu utiliser mes relations et frapper haut pour tenter de les faire libérer. Nous sommes entre les mains de Dieu. J'espère seulement qu'Il n'a pas décidé que notre heure est arrivée.

Le chef de famille se félicite. *Je savais bien que c'était pas des musulmans. Pour les gens, les attentats, c'est toujours la faute des musulmans. Il faut voir comme ils nous regardent après les attentats, comme si c'était forcément nous les terroristes. L'islam, c'est pas faire du mal aux chrétiens, même s'ils nous en font, eux. Ma femme et moi, on est des bons musulmans. On va bientôt commencer à faire ramadan. Les enfants sont aussi de bons enfants, même s'ils ne font plus ramadan.*

Si je dis oui pour être otage, je fais pleurer ma femme, mais aussi, on pourra plus dire que les musulmans sont des terroristes, jamais. Parce qu'on peut pas être les deux à la fois : un otage et un terroriste. La cardiologue, elle m'a dit qu'elle avait déjà choisi les otages. Elle vient juste de nous expliquer qu'il ne fallait pas avoir peur quand on appellerait les otages, et que c'était pas nous les otages.

Mon mari voulait partir avec les terroristes. La femme du Patriarche en est toute retournée. *Heureusement, le docteur, elle n'a pas voulu. Je demanderai à ma fille de lui acheter une grosse boîte de cornes d'abondance pour la remercier. Le mari, il est souvent dur avec moi et avec les enfants, mais c'est un bon mari. Quand il n'est pas là, je suis perdue.*

Otage, lui? Non, jamais!
L'Assisté avait été aux premières loges à Munich en 1972. Jeune homme, il croyait qu'après les horreurs de la guerre le Mal avait été aboli pour toujours. Néanmoins, depuis les Jeux, il avait compris que le Mal n'avait pas été éradiqué et qu'il était prêt, comme la mauvaise herbe, à refaire surface à tout moment. Et quand, pour rédiger un article de synthèse réclamé par le *Berliner Zeitung*,

il avait lu le déroulé des événements sur des archives tenues jusque-là secret d'État, il avait été traumatisé par ce qu'il y avait découvert. On y décrivait les sévices auxquels avaient été soumis les otages qui, contrairement à ce qui avait été initialement diffusé, n'avaient pas seulement été exécutés mais aussi torturés avant d'être liquidés. L'un avait été castré, et d'autres avaient eu les membres cassés. Y repenser le faisait frémir d'effroi.

23

Tout s'accélère

Un quart d'heure plus tard, c'est l'appel de Maestro en personne. La fuite est imminente.

Des bruits de voix d'abord à peine perceptibles se précisent. Il y a de l'accélération dans l'air. Des pas précipités dépassent la salle d'attente, puis reviennent à son niveau. Le brouhaha s'amplifie à l'extérieur. Les patients se regroupent peureusement autour de Claire qui fait office de berger autour duquel les brebis s'agglutinent en cas d'orage. Ils scrutent anxieusement la porte et les deux agresseurs qui se sont positionnés de part et d'autre. Ces derniers se consultent du regard après avoir échangé quelques mots avec l'extérieur.

— Que les trois otages approchent! résonne la voix timbrée du Rebelle dans la salle. On va sortir de la pièce tous les cinq. Regroupez-vous!

L'homme à l'étincelle et l'ancien commissaire avancent, suivis de près par Monsieur Comme-chien-et-chat. Sa femme ne peut contenir un petit cri d'effroi.

— Vous autres, continue le Rebelle en désignant de la main le reste du troupeau, vous allez reculer jusqu'aux fenêtres et vous retourner. Il ne vous sera fait aucun mal.

Les patients obéissent à la seconde. Ils retiennent leur souffle et agrippent et broient ce qui leur tombe sous la main : dossier de chaise, rebord de fenêtre, épaule, bras. L'angoisse est remontée au niveau maximal. Ils sont tous partagés entre un sentiment de pitié et de reconnaissance vis-à-vis de ceux qui se sont dévoués et de soulagement à l'idée de l'imminence du dénouement. Du moins…

Après un ultime échange téléphonique, le Rebelle entrebâille puis ouvre largement la porte d'un coup de pied, son arme pointée sur la tempe du commissaire. Il empoigne de sa main gauche le bras du patient à l'étincelle. Son coéquipier menace Monsieur Comme-chien-et-chat. Ils les font sortir de la salle d'attente et disparaissent après avoir claqué la porte sur eux. Les pas et les injonctions diminuent d'intensité et finissent par s'estomper, et les patients s'affaissent sur le siège le plus proche, les jambes tremblantes et le cœur battant. Aucun d'eux ne bouge pour chercher à fuir. Un silence total s'abat dans la salle, contrastant avec le remue-ménage qui arrive de l'extérieur.

Les sirènes retentissent dans tout l'hôpital. Le pavillon est ceinturé de policiers. Son accès est interdit à toute personne venant de l'extérieur. Les ambulances stationnées dans le sas du pavillon embarquent leurs passagers, otages et terroristes, font une marche arrière sur les chapeaux de roue et quittent l'hôpital à vive allure. Lancées rue Méchain, elles tournent à gauche dans la rue de la Santé, puis à droite dans le boulevard de Port-Royal. L'hôpital du Val-de-Grâce est déjà en vue.

Des policiers font irruption dans la salle d'attente et commencent par vérifier qu'il n'y a pas de blessé. Ils rassurent les patients : ils sont en sécurité, ils ne risquent maintenant plus rien. Les ravisseurs sont déjà loin.

On demande encore aux patients qui n'en peuvent plus de bien vouloir rester sur place, car les identités et les dépositions doivent être enregistrées. On les engage à se dégourdir les jambes s'ils s'en sentent capables. Une collation ne tardera pas à leur être servie. Les policiers s'installent juste à côté, dans la salle de réunion des médecins. Ils les recevront à tour de rôle quand ils auront fini de se désaltérer et de se sustenter.

Deux aides-soignantes, tout sourire, s'empressent auprès d'eux pour leur proposer thé ou café, pain, beurre et confiture. Elles ont un mot gentil et réconfortant pour chacun. Les patients n'ont pas encore compris ce qui s'était passé pendant ces dernières minutes, à partir du moment où tout s'est brutalement accéléré. Encore sonnés, ils sirotent en silence leur boisson insipide, y compris les deux sœurs espagnoles, au grand étonnement de Claire.

Le chef de service vient leur exprimer toute sa sollicitude et les féliciter de ne pas avoir cédé à la panique.

Un sanglot étouffé part d'une extrémité de la salle d'attente, très vite suivi d'un hoquet non réprimé, issu de l'autre bout de la pièce. C'est ma tante et la cadette des sœurs espagnoles qui craquent en canon après avoir fait preuve de courage pendant les trois heures interminables de détention.

— *Doctora*, allez-vous faire installer une cellule de crise ? Vous voyez bien dans quel état se trouve ma sœur, s'insurge l'aînée des Espagnoles. Nous aimerions discuter toutes les deux avec une psychologue avant de rentrer se reposer à la maison.

— Oh oui, *Doctora*, hoquette la benjamine, et puis s'il vous plaît, on aimerait bien aussi une chapelle ardente.

La remarque fait rire, et la tension provoquée par le départ des otages retombe un peu.

— Idiote, la chapelle ardente, c'est quand il y a des morts. Tu ferais mieux de te taire, tu ne sais dire que des âneries.

L'aînée est à la fois vexée qu'on se soit moquée de sa sœur et furieuse de la bêtise de cette dernière.

Les patients sont reçus par deux policiers et reviennent s'asseoir sagement dans la salle d'attente. Claire les voit se concerter et se demande ce qu'ils peuvent bien se dire. Intriguée, elle prête l'oreille.

24

Le plan

Une fois sa mission accomplie, Hadrien prétexte vouloir éteindre son appareil d'échographie pour s'éclipser quelques minutes. En réalité, il n'est pas tranquille. Il veut s'assurer que Maestro n'a pas reçu une dose létale de produit anesthésique. Il n'y a personne de ce côté du pavillon. Policiers, otages et personnel soignant sont agglutinés autour de la salle d'attente.

Hadrien s'agenouille devant l'évier. Il entrebâille avec précaution la porte et inspecte le corps ramassé sur lui-même, qui gît au fond du placard. Le pouls du Maestro est bien frappé. Il respire et manifeste déjà quelques signes de réveil.

Soulagé, Hadrien veut se redresser quand une poigne de fer le plaque au sol. Un homme, qu'il n'avait pas entendu approcher, ouvre grand le placard. Sans pour autant lâcher Hadrien, il en extirpe un Maestro tout chiffonné, ligoté et bâillonné, qui roule au sol. Il arrache le bâillon et tranche les liens des poignets et chevilles de son ami avec un couteau de poche.

— Mon pauvre vieux, dans quel état ils t'ont mis! Si tu voyais ta tête, tu te ferais peur. Je suis désolé pour les poils de la barbe. Je n'ai pas pu faire autrement que de tout t'arracher. Je t'ai apporté un flacon de grappa pour fêter nos retrouvailles. Et pas n'importe laquelle. C'est du dix ans d'âge. Allez, sers-toi. Prends-en une bonne gorgée, ça va te remettre d'aplomb. Qu'est-ce que je fais de lui ? demande-t-il en secouant Hadrien dont le visage vire au cramoisi.

Maestro a du mal à reprendre ses esprits. Il est confus. Il a mal à la tête.

Il s'assoit par terre, se frotte les yeux et le cuir chevelu, s'asperge la tête d'eau et tend la main vers la bouteille de grappa.

— Je peux ?

— Vas-y. C'est pas la grande forme, dis donc. Allez viens, suis-moi. On va se mettre à l'abri dans l'escalier de secours pendant que c'est encore possible. Le couloir est, pour l'instant, toujours vide. Il faut que tu te décides pour le toubib. En attendant, je préfère le mettre K.-O. Il nous gênera moins comme ça.

Il accentue de sa main gauche la pression qu'il exerce sur la glotte d'Hadrien et de son poing gauche lui lance un direct bien dosé dans le plexus. Hadrien perd immédiatement connaissance. Maestro remet de l'ordre dans sa tenue. Il s'ébroue pour se recoiffer et s'éclaircir les idées. Il se masse la nuque et s'étire. Des couleurs lui reviennent aux joues.

— *Zoppo, mio caro !* Laisse-moi te serrer dans les bras.

La voix flanche, et ce n'est pas le nodule de la corde vocale qui est en cause mais l'émotion des retrouvailles.

— Toi, mais que fais-tu ici ? Ce n'était pas prévu.

— Et voilà, je savais bien que ton évasion était planifiée jusque dans les moindres détails. Mais, voilà, tu me connais, je n'étais pas tranquille. Je trouvais qu'ils avaient gobé beaucoup trop facilement ton histoire de nodule et de corde vocale… Alors… Du coup, je suis resté sur mes gardes et, comme tu vois, je pense que j'ai eu du flair. Le bon comme d'habitude, nous ne sommes pas frères pour rien, l'ami ! Je suis à Paris depuis une quinzaine de jours, ça tu le sais. Je loge tout près de la prison, au Mariott Rive Gauche. Pas forcément mieux que chez toi, dans ta cellule. Triste à mourir. Je n'ai pas pu t'expliquer tout ça. Plus moyen de s'entendre correctement. Les communications sont devenues compliquées depuis qu'ils ont installé ce satané brouilleur de portables quand ils ont rénové la prison. Il paraît que les riverains eux-mêmes se plaignent de ne pas avoir de communications bien nettes. On savait que tu avais rendez-vous à Cochin ce matin et on était tous, dès 6 heures, sur le pied de guerre. Quand les indics nous ont prévenus tout à l'heure que ton fourgon partait pour l'hôpital avec son escorte, eh bien, avec nos gars fin prêts, on t'a emboîté le pas. Pour rien au monde je n'aurais voulu manquer ta sortie. Quelque chose me disait qu'il y aurait un loupé quelque part. Tout était trop parfait, trop simple. Je suis rentré ici, dans le pavillon, juste après les flics. Les ambulances s'étaient garées un peu plus loin. Jusque-là, rien à signaler. J'ai suivi les flics de loin pendant leur tournée et j'ai facilement repéré l'endroit où tu atterrirais. Je peux te dire qu'ils en ont mis du temps pour tout inspecter. Tu dois avoir une sacrée réputation, vieux, car ils ont évacué tout le personnel à l'autre bout de l'aile. Ils ont demandé aux infirmières de diriger les malades vers une salle d'attente qui n'est pas utilisée d'habitude, bien à l'écart. Quant à moi, je me suis caché dans l'escalier de secours, un peu plus haut, un étage au-dessus. Un mec est arrivé et s'est planqué juste là, derrière la porte. Il n'a pas pu me voir.

Je ne bougeais pas d'un poil, tapi quelques marches plus haut. Et là, je me suis dit que j'avais eu du nez parce que Tonino, qui m'avait accompagné et qui faisait le pied de grue en bas, t'a vu sortir avec nos hommes et les otages.

— Ce n'était pas moi, Zoppo, ça ne se peut pas ! s'exclame Maestro.

— Je sais bien. Écoute un peu la suite. Tonino, il a compris que ça clochait quand il a vu que tu ne le reconnaissais pas. Il a tout de suite capté que ce n'était pas toi mais quelqu'un qui se faisait passer pour toi. Il n'a pas cherché à le démasquer. Il m'a appelé. Et là, je me suis dit que t'avais de la veine parce que j'étais sur le point de partir. C'était moins une.

— Le petit Tonino, je l'ai fait sauter sur les genoux, brave petit ! Les autres, ce sont tes hommes, bien sûr, et pas les miens. Ils ont entendu parler de moi et j'en ai sûrement croisé certains. Si aucun d'eux n'a bronché, c'est qu'ils ont vraiment cru que c'était moi et qu'ils ne se sont pas rendu compte de la supercherie.

— Il n'y avait plus personne dans ce secteur. Je suis sorti de ma cache pour aller jeter un œil dans la salle d'examen. Là, personne. J'allais me tirer quand j'ai entendu du bruit dans la salle d'à côté. La porte était entrouverte. C'était le jeune toubib venu prendre ton pouls pour s'assurer, je suppose, que tu étais toujours en vie, mon pauvre ami. Voilà toute l'histoire. Il faut qu'on dégage maintenant. As-tu enfin décidé de ce qu'on en fait ? demande-t-il pour la seconde fois à Maestro en pointant du pied le corps sans connaissance d'Hadrien.

— Je préfère qu'on l'embarque avec nous. Je ne sais pas encore trop ce que je compte en faire.

— Trop compliqué. On ne peut pas s'encombrer. Il faut qu'on file.

— Non, Zoppo, j'y tiens.

— Qu'est-ce que tu es têtu quand tu t'y mets. Bon, OK, on va le confier à Tonio. Toujours aussi démerde, le petit ! Il a déniché une tunique Assistance publique, tu sais, cette casaque qu'on donne aux patients hospitalisés. On va l'enfiler au médecin. Toi, tu prendras sa blouse blanche. Regarde, il y a même un stéthoscope dans la poche. Tu vas te le mettre autour du cou. « Professeur Maestro, cardiologue. » Tonio m'en a trouvé une deuxième qu'il a piquée dans le sac de linge sale. Je l'ai envoyé chercher une chaise roulante. Ce qu'on va faire, c'est tout simple : ton médecin sera le malade sur la chaise, et nous deux, les médecins.

— Et Tonino ?

— Tonino ? Il jouera le bon copain qui accompagne son ami à l'hôpital. Il doit d'ailleurs nous attendre au rez-de-chaussée. Tiens, le voilà qui arrive.

— Tonino !

— Maestro !

Nouvelles effusions auxquelles Zoppo tente de mettre un terme.

— J'ai laissé la chaise en bas, à côté de la porte qui donne sur l'escalier de secours. C'est ce qu'ils appellent « la polyclinique ». Il y a beaucoup de va-et-vient, et les flics en bloquent l'entrée, de l'autre côté.

Maestro et Zoppo ferment leur blouse, et Tonio embarque dans un sac poubelle le pantalon et les chaussures d'Hadrien qu'ils ont déshabillé et revêtu de l'uniforme des malades.

— Quand la *mama* a été hospitalisée aux urgences de l'hôpital Bichat et qu'elle a été transférée en chirurgie, c'est un sac comme celui-ci qu'on m'a donné pour emballer ses affaires, raconte Tonino.

Le plastique de la chaise est sale et déchiré, et sa roue faussée, mais peu importe.

— Tonino, tu l'as prise où ta chaise, à la casse ? demande Maestro.

— On fera avec, coupe Zoppo. L'important, c'est de filer d'ici en vitesse.

Zoppo pousse la chaise roulante d'un pas pressé qui n'admet pas la discussion. Hadrien gît, dodelinant de la tête. Maestro la retient d'une main. Tonino marche à ses côtés. Il agrippe d'un côté le sac poubelle, et de l'autre, il serre la main d'Hadrien, prenant tour à tour un air inquiet ou compatissant. Un raffut énorme vient de l'entrée du pavillon où arrivent des hordes de policiers. Personne ne leur demande quoi que ce soit. Ils traversent les barrages sans être inquiétés d'aucune manière. Les policiers leur facilitent la fuite en ouvrant les portes et en dégageant le passage.

25

Un épicurien

La grappa a eu un effet immédiat. Maestro a retrouvé toute sa superbe.

Hadrien, toujours K.-O., a été confié à Tonino qui a reçu l'ordre de le confiner dans une planque de la mafia pour y attendre le bon vouloir de Maestro.

Ce dernier tient à profiter pleinement de sa première journée de liberté à Paris.

— Je te dis que ce n'est pas prudent.

— *Caro mio*, ne t'inquiète pas comme ça pour moi. Les policiers n'y ont vu que du feu. Qu'est-ce que tu crois ? Pour eux, je suis en cavale avec tes hommes et leurs otages. Ils me cherchent ailleurs.

— Je ne pensais pas à eux, je pensais aux autres, ceux qui t'ont endormi et planqué dans le placard sous l'évier, ceux qui ont fichu en l'air notre plan. Quand ils voudront te récupérer, Maestro, et qu'ils verront que tu n'es plus là, hein ?

— Quand ils verront le placard vide, euh…, eh bien, ils penseront que les services de l'hôpital m'ont pris pour un macchabée et m'ont déposé au congélateur de la morgue de l'hôpital. Je rigole, Zoppo, ne fais pas cette tête. Ça fait du bien de rire un peu, ça ne m'est pas arrivé souvent ces derniers temps. Tu veux que je te dise, ceux qui m'ont mis au placard ne risquent pas de se pointer tant que toute l'agitation ne se sera pas calmée et certainement pas tant que les policiers n'auront pas dégagé.

— Dis-moi alors ce que tu veux.

— Ce que je veux, c'est me balader dans Paris jusqu'au matin. Vieux, si tu savais comme c'est bon de respirer autre chose que l'air vicié de la Santé. Même le tuyau d'échappement de ce bus m'emballe, et les Parisiennes, miam ! Regarde là, devant : *che belle gambe !* Tu vois, je traverserais bien le jardin du Luxembourg jusqu'à la place Saint-Sulpice pour commencer, et puis… J'aimerais faire un tour du côté des boutiques de la rue de Sèvres.

Les deux hommes s'en vont, l'un volubile, goûtant à sa liberté retrouvée, l'autre inquiet, pestant contre l'inconséquence de son ami.

Maestro palpe avec volupté l'épaisseur du portefeuille que lui a remis Zoppo : faux papiers, cartes bancaires et liasses de billets de banque, de quoi passer un bon moment. De l'autre côté, il empoigne un portable flambant neuf.

Les deux amis flânent tout autour de la fontaine Carpeaux du jardin Marco-Polo, à proximité du jardin du Luxembourg. Maestro, en phase avec la ronde des allégories des continents de la fontaine, esquisse un pas de danse sous l'œil intrigué d'une nounou inquiète et d'enfants qu'elle retient d'une main ferme. Ils dépassent un peu plus loin des jeunes gens qui s'exercent aux agrès, pas loin des bâtiments exotiques de l'Institut d'art et d'archéologie. Les bourgeons des marronniers du jardin du Luxembourg éclatent en petites pousses vert tendre. Le chant d'un roitelet retentit juste à côté. Maestro se contorsionne sans parvenir à repérer l'oiseau huppé et fait mine de grimper dans l'arbre pour le débusquer.

Il fait retentir, sans la moindre trace d'enrouement, sa chaude voix.

« L'amour est un oiseau rebelle que nul ne peut apprivoiser, et c'est bien en vain qu'on l'appelle... » Zoppo le laisse faire, car il se dit que c'est le meilleur moyen de le faire taire. Maestro termine son air et se dirige en sifflotant du côté de la rue Guynemer où certaines espèces d'arbres asiatiques, différents des sempiternels marronniers, sont déjà en fleur.

Zoppo refuse de s'asseoir pour déguster cet avant-goût du printemps, mais ne peut empêcher son ami, une fois sortis du jardin, de s'arrêter pour siroter un ristretto au comptoir de chaque café devant lequel ils passent.

Maestro y dévalise les distributeurs de serviettes en papier pour lustrer ses chaussures mises à mal par la traversée du Luxembourg.

Une heure et demie plus tard, ils arrivent à destination, chez Berluti, le magasin de chaussures grand luxe pour hommes. Maestro, mains sur la vitrine, dévore des yeux les modèles qui y sont exposés.

— Tu te choisis une, maximum deux paires, pas plus. Ce n'est pas le moment d'attirer l'attention.

Maestro essaie une dizaine de paires et reste, au grand soulagement de son ami, raisonnable. Il sort du magasin lesté de trois boîtes bien encombrantes quand même.

— On va les déposer à l'hôtel Lutetia tout juste rouvert après une longue période de restauration. J'ai hâte de voir ce que l'architecte en a fait, reprend Maestro. Je lui avais vendu il y a quelques années un peu de camelote et pas n'importe laquelle, de l'authentique, estampillée à Damas.

C'est un collectionneur à qui je n'aurais certainement pas pu refiler n'importe quoi non plus ! Le saligaud, il avait choisi les plus belles pièces. Il faut reconnaître qu'il n'avait pas mégoté sur les prix. Il lui fallait juste de la qualité. Fin connaisseur !

— L'hôtel avait bien besoin de cette remise à neuf. Tu te souviens, la dernière fois qu'on avait dîné à la brasserie, on s'était dit que ça faisait vieillot, et tu m'avais déjà raconté pour ton copain architecte. Tu radotes, vieux.

— Sa rénovation a duré cinq ans, exactement le temps qu'il a fallu pour retaper la Santé. J'espère seulement que les suites y sont plus confortables, reprend Maestro émoustillé à l'idée de retrouver une literie moelleuse.

Sans même déballer ses paquets, il propose une virée au Bon Marché. Il est désappointé de voir que le rayon homme a été relégué au premier sous-sol et le fait tout de suite savoir aux vendeurs.

Son mécontentement ne l'empêche pas de s'habiller de pied en cap. Par principe, il ne choisit que des marques italiennes.

Zoppo se fait insistant. Il supplie Maestro de regagner l'hôtel sans plus tarder.

— Tu nous trouves deux places, ce soir, dans les premiers rangs d'orchestre à Bastille ou au théâtre des Champs-Élysées pour un opéra de ton choix, lui ordonne autoritaire, Maestro. J'en rêve depuis des mois.

Zoppo consulte son portable.

— Tiens, regarde, ça devrait te plaire. On donne *Rigoletto* de Verdi à Bastille.

Zoppo lui tend son iPhone.

— *Rigoletto* ! Et qui tient le rôle de Gilda ? Je ne peux pas lire, je n'ai pas mes lunettes de vue.

— Une certaine Nadine Sierra. Je ne sais pas qui c'est. Tu veux que je regarde ce qu'on dit d'elle sur Wikipédia ?

— La Sierra ! Fameux ! Je t'aime, mon ami ! C'est une Américaine qui a des origines italiennes. C'est la famille, si tu préfères ! Elle a la voix taillée pour le personnage de Gilda, et c'est son rôle fétiche. Je ne l'ai entendue qu'une fois, c'était il y a quelques années à la Scala, sans doute dans du Puccini. Elle avait fait un malheur dans le fameux air « O mio babbino caro », Oh, mon petit papa chéri. For-mi-da-ble, la Callas aurait pu aller se rhabiller. La petite, elle m'avait fait une charmante dédicace au dos du programme. Je suis curieux de voir ce qu'elle donne maintenant, car elle était toute jeune à l'époque. Elle doit dépasser la trentaine et sa voix, la pleine maturité. Et avec ça, bien carrossée, tu ne peux pas imaginer : ce qu'il faut et là où il faut, mmm.

— Je suis désolé, l'ami, je me suis trop avancé. Il n'y a plus de place. Ils affichent complet pour ce soir. Dommage.

— Qu'à cela ne tienne. Je descends voir le concierge. C'est son job après tout.

— Tu ne bouges pas d'ici, tu m'entends ! Tu serais encore capable de te faire remarquer. J'y vais.

Zoppo revient un quart d'heure plus tard, triomphant. Il agite du bout des doigts deux places de face, au troisième rang d'orchestre.

— J'espère que ta Nadine ne nous décevra pas, car ces places sont hors de prix. Que fais-tu encore ? Pose ce téléphone ! Tu es incorrigible, pire qu'un gosse, s'exclame Zoppo furieux. Qui comptais-tu encore appeler ? Tu veux vraiment me faire mourir ? Ce serait une bonne idée de te mettre au vert quelque temps. À cette heure, et quoi que tu en penses, toutes les polices sont à tes trousses.

— Je voulais juste demander au concierge qu'il me fasse livrer des roses rouges pour notre charmante colorature. Et pour le souper, on réserve chez Bofinger, au Pied de Cochon ou, plus simple, aux Grandes Marches parce que je risque d'être un peu dézingué ce soir après le spectacle. Et que dirais-tu d'aller prendre tout de suite un petit en-cas avant la représentation, bonne idée, non ?

— Écoute-moi, mon ami, je sais que tu sors de taule et je suis mieux placé que n'importe qui pour comprendre ce que tu peux ressentir. Que tu veuilles déguster ta liberté, rien de plus normal. Avoue quand même qu'il serait dommage qu'on te la confisque après tout le mal qu'on s'est donné pour toi. Alors tu arrêtes de faire l'imbécile. OK pour le Verdi de ce soir. Après tout, c'est moi qui te l'ai trouvé et je sais que tu en as rêvé de cette première soirée lyrique. Ensuite, écoute-moi bien, tu te planques. Maintenant que le sujet est clos, passons à autre chose. Il faut qu'on discute business. Tout ne s'est pas passé comme prévu. Ils ont compris que ta maladie, c'était du pipeau et que tu mijotais ton évasion. Tout a dû être téléguidé dès le départ, la date de l'examen à l'hôpital... J'y ai réfléchi, tu sais. Tes agresseurs ne peuvent être que des hommes de la brigade anti-banditisme. Je ne vois pas qui d'autre aurait pu s'intéresser à toi. Les préparatifs d'attentat ont dû fuiter... Ils veulent remonter la filière. Un étranger a pris ta place et a fait croire qu'il était Maestro. Mes hommes ne te connaissent pas assez pour avoir réalisé la substitution, et puis comme tu as fait croire que tu étais aphone, ça ne devrait pas être trop difficile pour le faux Maestro d'imiter ta voix. Il lui suffira de faire semblant d'avoir, comme toi, une bonne laryngite. Il va vite apprendre que tu t'es échappé parce qu'il est forcément en contact avec ses amis, tes agresseurs. Leur combine est complexe et risquée.

Ils attendent de celui qui a pris ta place des renseignements, mais ils espèrent aussi te cuisiner. Ne vaudrait-il pas mieux nous en débarrasser, du faux Maestro, au plus vite, avant qu'il ne guide ses amis jusqu'à notre repaire ? Il ne peut que nous attirer des ennuis, celui-là.

— Non, non, j'ai d'autres projets pour lui, répond Maestro en se frottant les mains, un rictus méchant aux lèvres. N'oublie pas qu'on ne se moque pas impunément de Maestro. Je ferais n'importe quoi pour ma famille et mes amis, mais je suis sans pitié pour mes ennemis. Je lui concocte une petite mise en scène surprise qu'il ne devrait pas oublier de sitôt.

— Attends un peu, quand ses amis verront que tu n'es plus là, ils se dépêcheront de le prévenir. Et les trois otages que mes hommes ont encore sur les bras, qu'envisages-tu d'en faire ? Je ne voudrais pas trop de grabuge. Et puis, il y a ton jeune médecin.

— Le médecin, c'est mon affaire. Ne te fais pas de mauvais sang comme ça pour tout, *caro mio*. Quand, tout à l'heure, tu poussais la chaise roulante sur les pavés de la cour de l'hôpital, j'en ai profité pour joindre Carlo avec le portable que tu m'as confié. Tu n'as pas entendu. Tu étais trop pressé de me faire sortir de l'hôpital. Il m'a expliqué qu'il était au volant de l'une des ambulances au moment de l'évasion de mon double. Quand il a pris mon appel, ils étaient sur le point de monter dans l'hélico. Je lui expliqué ce qu'il en était. Carlo a compris qu'il avait embarqué un espion à bord. Je lui ai demandé de faire comme s'il ne savait rien et de ne pas le quitter des yeux pour l'empêcher de contacter sa base. Nous nous sommes mis d'accord pour que Carlo le laisse diriger les opérations, ou plus exactement pour qu'il en ait l'impression. Carlo m'a raconté que tes hommes, qui croient avoir affaire à moi, s'empressent autour de lui. Je voulais aussi te remercier d'avoir mis Carlo sur le coup. Je ne l'ai pas vu plus d'une à deux fois, mais j'en ai toujours entendu dire beaucoup de bien.

— Je me méfie de tout le monde, y compris des otages, marmonne Zoppo. Qui sait s'ils ne nous ont pas refilé un deuxième espion. Il faut que je dise à Carlo de rester sur ses gardes. Quelle heure est-il ? Dix-huit heures ? L'hélico a dû se poser depuis un bon moment. Ils sont peut-être même arrivés à la planque, si tout a bien fonctionné. Encore un détail. Tu te rappelles que la planque était en zone blanche. Eh bien, figure-toi qu'elle n'est toujours pas desservie, ni par le réseau de téléphonie mobile ni par Internet. Une fois débarqué, ton sosie ne pourra pas plus se signaler qu'être localisé. Je pense que tu as raison. Ta fugue du placard de la salle de désinfection ne doit pas encore être connue. Les enquêteurs bouclaient les lieux quand on a filé. Les policiers collaient leurs adhésifs et restaient en faction devant toutes les portes. Les hommes de la brigade anti-banditisme vont tout faire pour que rien ne filtre. Quand on y pense, c'est quand même un peu gonflé de mettre la vie de malades en jeu pour nous tendre un piège, comme ils l'ont fait. Tu me diras que, si je n'avais pas été sur place, ça aurait pu marcher. Ils n'ont pas eu le temps de te récupérer quand les flics ont bloqué l'étage et ne reviendront que bien plus tard quand l'agitation se sera tassée. Ils n'ont pas à être inquiets. Tu es ligoté, bâillonné, et à peu près bien caché. Ils savent que tu ne peux pas t'échapper tout seul. Quant aux autres, c'est-à-dire les matons et les flics, ils te croient tous envolé avec les otages.

— Tu vois, il n'y a plus de vrai ou de faux Maestro. Je me suis évadé en hélico, c'est tout, et c'est aussi simple que ça. Ravi d'avoir réussi à te convaincre.

— J'espère que Carlo aura l'idée d'envoyer un émissaire pour nous prévenir à partir d'un endroit connecté qu'ils sont bien arrivés à destination.

« Ouhhhh !!! » La salle pleine à craquer de l'opéra exprime d'une seule voix sa crainte.

Un appariteur, qui sort des coulisses juste avant le début du spectacle pour monter sur scène, un micro en main, n'annonce en général rien de bon.

— Mesdames, Messieurs, nous avons le grand regret de vous annoncer que Nadine Sierra étant souffrante, elle sera remplacée ce soir par...

Le nom de la doublure de la soprano se perd dans un rugissement de fauve issu des fauteuils du parterre. C'est Maestro qui, furieux, se dresse puis fait se lever sans une excuse une dizaine de spectateurs de sa rangée pour sortir. Avant de quitter la salle, il piétine une à une les roses du magnifique bouquet qu'il réservait à la diva.

— *Finita la comedia*, Zoppo. Je vais prendre un peu de repos. Rendez-vous demain matin à 6 h 30.

26

Cézembre

L'île de Cézembre est toujours présentée comme un petit paradis. Elle est certes accueillante, mais sous certains angles et par beau temps uniquement. La plage de sable blanc très fin est orientée plein sud, ce qui est rare dans la baie de Saint-Malo où toutes les plages regardent dans une seule direction, le nord. Vue de la côte, souriante et le plus souvent ensoleillée, elle appelle à la visite. Des vedettes y déversent en été des flots de touristes venus de Dinard ou de Saint-Malo. Elle n'est pas minuscule et, si l'on en fait si vite le tour, c'est parce qu'elle est interdite sur la plus grande partie de sa surface. Des barbelés surmontés de panneaux « terrain militaire, danger de mort » cernent l'île. Il serait fort imprudent d'outrepasser l'interdiction, car l'île est minée de toute part. Seule la plage et un sentier qui se déploie sur la côte occidentale et sur moins d'un kilomètre ont été sécurisés et sont accessibles aux promeneurs. On y domine quelques fortins et blockhaus, des squelettes de vieux canons rongés et grignotés par la rouille et, partout, des impacts de bombes au milieu d'une végétation rare. On y dénombrerait plus de deux mille cratères si l'on pouvait la fouiller de fond en comble. Les oiseaux de mer pullulent dans ces zones militarisées non déminées et donc interdites d'accès. Maîtres des lieux, ils narguent avec insolence les visiteurs qui s'aventurent jusqu'aux barbelés de leurs cris à en déchirer les tympans. Ils défendent bec et griffes leur territoire. Perchés sur les panneaux d'interdiction de passage, ils sont tout aussi dissuasifs que les têtes de mort qui y figurent. L'île a toujours eu depuis la fin du XVIIe siècle une vocation militaire. Fortifiée par les Allemands pendant la Seconde Guerre mondiale, elle a résisté pendant plusieurs semaines aux bombardements des troupes américaines et au pilon-nage des cuirassés alliés, à la libération de Saint-Malo. On raconte que l'île fut le site le plus bombardé de toute la Seconde Guerre mondiale.

L'accostage sur la plage se fait en douceur alors que, partout ailleurs, il se dégage des abords très rocheux de l'île une hostilité palpable, décuplée par mauvais temps. L'endroit n'est pas habité, si l'on excepte un restaurant perché sur une dune ouvert uniquement à la belle saison.

27

Quant aux otages...

Le complice factice, le faux évadé et les vrais mafieux traversent au pas de charge l'hôpital des armées du Val-de-Grâce désaffecté depuis quelques années. Les trois otages peinent à suivre. Engagé à fond, Léon outrepasse gaillardement ses réelles capacités physiques. L'homme à l'étincelle, trop occupé à ne pas se laisser distancer, n'a pas la plus petite pensée pour sa dame de cœur. Celui qui souffle comme un bœuf, c'est le patient Comme-chien-et-chat. Il maudit Claire de lui avoir donné comme médicament antihypertenseur un bêta-bloqueur « qui bride le cœur », lui a-t-elle expliqué un jour. Néanmoins, ni place ni temps pour la peur, ils seraient plutôt gagnés par une espèce d'excitation fiévreuse.

Un homme de l'équipe de Zoppo, pilote de son état, est attendu sur place.

Dix minutes plus tard, l'hélicoptère se pose sur l'hélisurface de l'hôpital. Le pilote sort du cockpit pour effectuer ses transmissions. Les consignes ont été respectées. L'hélicoptère est arrivé dans les temps avec un plein de carburant. L'homme de Zoppo s'assoit aux commandes. Il vérifie le tableau de bord et, satisfait, il fait un signe du menton pour signifier son congé au pilote.

Les passagers s'installent en prenant soin comme on leur en a donné l'ordre de bien se répartir dans l'appareil. Les otages ne bronchent pas, leurs yeux obstrués par d'opaques bandeaux.

Le pilote se tourne vers Romain installé à ses côtés et lui demande s'il souhaite modifier quelque chose au plan de vol. Romain lui répond que non, d'un filet de voix ténu. Ne voulant prendre aucun risque, il se retranche derrière son pseudo-souci de gorge dont Maestro a fait un tel battage que personne ne s'en étonne. L'hélico part plein ouest et louvoie pour échapper aux radars si bien que Romain est tout à fait désorienté. Ils volent à faible altitude et survolent bientôt la cathédrale de Chartres, ce qui conforte son impression première.

— Nous venons de passer Le Mans, Monsieur, signale le pilote un peu plus tard. J'ai ordre de vous déposer à la lisière du petit bois que vous voyez sur notre droite. Il faudra débarquer très rapidement.

L'hélicoptère longe le bois puis décrit une large boucle avant d'entamer sa descente. Les otages sortent sans se faire prier.

Romain n'a pas eu encore l'opportunité de tester le matériel sophistiqué dont il a été équipé pour connaître leur position et la transmettre à sa brigade. Il se serait trahi.

Qui est l'agent infiltré ? Il y a bien le prénommé Carlo qui ne le quitte pas des yeux. Si c'est lui, ce n'est pas très malin de sa part de le scruter comme ça, à moins qu'il ne cherche à lui faire comprendre quelque chose. Si Carlo est un mafieux, l'aventure pourrait vite tourner court.

Serait-il déjà grillé ?

Sitôt débarqués, un camion stationné sur un chemin de terre vient à leur rencontre à petite vitesse. Il transporte des chevaux. Le chauffeur fait sortir trois magnifiques bêtes qu'il attache par leur licol à un barreau du van. Il demande aux passagers de l'hélico de s'installer dans la première stalle du camion, celle qui jouxte la cabine. Il entasse des bottes de foin dans la deuxième stalle, isolant ainsi les voyageurs, puis fait remonter les chevaux dans le camion. Cette première stalle est dépourvue d'ouverture sur l'extérieur. Le sol a été balayé, mais la forte odeur équine prend à la gorge. Ils s'installent en s'adossant comme ils le peuvent sur les bottes de foin en espérant que la route ne sera pas trop longue.

Léon, malgré ses yeux bandés comme les deux autres otages, reste aux aguets. Le voyage n'en finit pas. Il s'efforce de ne perdre aucune bribe de conversation. Très concentré, il oublie donc de penser à ses douleurs articulaires qui se sont réveillées ces derniers temps.

Profitant d'une irrégularité de terrain qui le projette par terre, le Rebelle vient s'asseoir à côté du commissaire. Calés l'un contre l'autre et jambe contre jambe, Léon et le Rebelle reprennent leur conversation codée. Les amortisseurs du camion manquent de souplesse. Les mafieux sont bien trop secoués et occupés à garder leur équilibre pour remarquer ce langage ésotérique.

Léon apprend que cette prise d'otages est la première véritable mission du Rebelle, en quelque sorte son adoubement qui fait suite à un très long cheminement pendant lequel il a dû gagner jour après jour la confiance de la mafia. Il sait qu'il risque gros et qu'en cas de trahison les châtiments des mafieux sont exemplaires.

Romain, le pseudo-Maestro, refuse d'un geste qui n'admet pas de contradiction de suivre le troupeau et de monter avec les autres. Il s'installe à côté du conducteur.

La cabine du chauffeur pouvant facilement accueillir trois personnes, c'est Carlo qui prend place à ses côtés.

— Respirez un bon coup, Monsieur. Ça vous changera de l'air vicié de la Santé. Vous verrez que la voix va vite revenir.

Le chauffeur, très fier de jouer un rôle dans l'évasion du Maestro, aimerait bien engager la conversation.

Une petite bruine s'est installée quand ils ont quitté l'autoroute.

Le van se traîne sur des ronds-points qui s'enchaînent à la queue leu leu.

Les chevaux hennissent et martèlent le plancher. Rien ne filtre de ce qu'il se passe dans la première stalle du camion où sont parqués les otages et les malfrats. Il s'est mis à pleuvoir dru.

Romain ne réussit pas à déchiffrer les panneaux routiers. Par peur de se trahir, il coupe court à toute conversation en faisant mine de s'assoupir. Le camion s'arrête non loin d'un petit aéroport identifiable en tant que tel par sa tour de contrôle, au milieu d'un bocage et tout à côté d'un camp de gens du voyage. Aucun avion en vue. L'aéroport perdu en pleine campagne semble désaffecté. Léon et les deux otages sont débarqués du van. Les autres passagers repartent immédiatement dans une petite fourgonnette. Complètement abrutis par le voyage, endoloris, et assourdis par le bruit du moteur et les hennissements des chevaux, ils restent silencieux et ôtent leurs bandeaux avec soulagement.

La troisième étape est courte. Après une dizaine de minutes de route, la fourgonnette ralentit puis s'arrête à l'extrémité d'une cale. De ce que peut en voir Romain, l'endroit est cossu. On y devine la présence de quelques belles demeures imposantes, noyées dans une végétation bien verte. Le petit groupe sort sous la pluie. Ils longent un hôtel sur la façade duquel Romain peut lire : « Hôtel de la Vallée ». L'hôtel est fermé.

Romain avance du pas décidé de celui qui sait où il va, sauf qu'il ne le sait pas. On lui a rebattu les oreilles de Verdi, Rossini, Puccini pour les opéras, et de Provence, Côte d'Azur et d'Italie pour la géographie, mais sur l'item Maestro et la côte bretonne, il sèche. Maestro a-t-il des attaches particulières sur la côte d'Émeraude, lui, l'homme du Sud ? Il est un peu furibard de ce manque d'informations à moins que cette direction fût imprévisible ou tout simplement un piège dans lequel ses informateurs, ses gradés et ses collègues seraient tombés. Waouh !

Une embarcation les attend à quai. La cabine est petite, ils ne pourront pas tous s'abriter à l'intérieur. Certains devront rester sur le pont, sous la pluie. Les deux marins mutiques reprennent le large sitôt l'embarquement terminé. Une mauvaise houle les fait tanguer. L'île n'apparaît qu'au dernier moment. Le bateau contourne la plage à bâbord. Il n'est pas tard, 17 h 30 à tout casser, mais tout est noir, la mer encre, le ciel qui s'assombrit de minute en minute, menaçant, et les hommes d'équipage, ténébreux tous les deux. Le froid et l'humidité transpercent. Romain frissonne. De l'autre côté de l'île, c'est un paysage de désolation. Les écueils aiguisés sur lesquels se fracasse la mer pourraient décourager tout marin qui ne serait pas un familier des lieux. Au-dessus, sur l'île, quelques squelettes de canon pointent encore l'ennemi au large. Les passagers assourdis par les cris et les railleries des oiseaux de mer ne parviennent plus à s'entendre.

« Où allons-nous échouer ? panique Romain. Nous allons nous fracasser sur les rochers. Et personne sur le bateau ne semble s'en inquiéter. »

La houle fait tanguer l'embarcation qui se rapproche dangereusement de l'île.

Au moment le plus inattendu, l'embarcation se faufile dans une anfractuosité de la falaise, cachée par les écueils, jusqu'au dernier moment. Les marins la redressent d'un coup de barre habile pour accoster un quai équipé de grosses bouées, bien à l'abri du vent.

Ils sont attendus par des hommes qui amarrent le bateau avec dextérité.

Romain se hisse avec souplesse sur le quai. *Instant de vérité. L'endroit n'est pas des plus hospitaliers. À moi d'improviser. En dépendent mon salut et celui de nombreux innocents. Jette-toi à l'eau pour ne pas y être précipité.*

28

L'expérience d'un commissaire

Les enfants des Roms arrivent en courant à la rencontre des trois otages, et s'éparpillent comme une volée d'étourneaux, quand deux adultes sortent de leurs caravanes pour les houspiller. Léon leur demande s'il est possible de les conduire contre rémunération jusqu'à la ville la plus proche ou, à défaut, qu'on lui prête un portable pour deux communications urgentes. Les hommes regardent avec méfiance ces trois individus groggy susceptibles de leur causer des ennuis et préfèrent s'éloigner.

Une femme plus compatissante leur apporte une bouteille d'eau et du pain d'épices puis, d'un geste, leur fait signe de s'en aller.

Ils s'éloignent déconfits et décident, après concertation, d'aller chercher de l'aide à l'aérogare. C'est une riche idée de leurs ravisseurs que de les avoir déposés à proximité d'un camp de Roms, installé comme toujours à distance des lieux d'habitation.

— Je vous dois quelques explications, commence Léon qui estime qu'il est grand temps d'éclairer ses compagnons. Ce n'est plus un secret. Je suis retraité de la police. En revanche, vous ne pouvez pas savoir que les hommes qui nous ont pris en otage ne sont pas tous les deux des mafieux. Le plus jeune en est un, mais le plus vieux est un agent double. Il s'agit d'un agent de la brigade anti-grand banditisme qui a infiltré la mafia. Nous nous étions rencontrés quand il n'était encore qu'un étudiant à l'école de police de Saint-Malo où j'animais un séminaire de fin d'études. Nous nous sommes reconnus ce matin dans la salle d'attente et nous avons pu communiquer dans un langage de signes que nous avions mis au point ensemble, mes apprentis policiers et moi-même, pendant ce séminaire. Nous avons poursuivi nos échanges tout à l'heure dans le camion. Il s'était assis juste à côté de moi dans ce but. Les mafieux nous ont largués pas très loin de la ville de Dinard. Je reconnais les lieux. Ils doivent, en principe, gagner l'île de Cézembre qui serait, si j'ai bien compris mon ancien étudiant, un repaire breton de la mafia italienne. J'ai découvert la côte d'Émeraude pendant ce fameux séminaire et j'en suis tombé amoureux. J'y retourne régulièrement depuis, et nous avons eu l'occasion avec mon épouse de visiter Cézembre, tout du moins, ce qu'on vous autorise à y voir. Approchons-nous de l'aérogare. J'y avais simulé une attaque terroriste pour mes stagiaires, et si j'avais réussi à le faire ici même, à l'aéroport de Dinard-Pleurtuit, c'est parce qu'en dehors des rares vols pour Londres, ou les Midlands, il est très peu fréquenté.

Les trois hommes pénètrent dans l'aérogare. Tout est vide et silencieux. Personne ! Les guichets d'enregistrement sont fermés, tout comme le bar du premier étage. Pas même un homme de ménage ! Pas de cabine téléphonique. Sur le tarmac, rien non plus, pas d'avion, pas âme qui vive.

— Mais c'est un aéroport fantôme ! s'exclame le patient Étincelle qui, détestant la cohue des aéroports, trouverait celui-ci plutôt à son goût.

— J'aurais dû m'en souvenir ! soupire Léon dépité. J'avais lu ça quelque part, dans *Ouest France* sans doute. L'article disait que l'aéroport n'était pas assez rentable, et qu'on projetait d'y supprimer tous les vols commerciaux. Le seul trafic qui devait subsister était celui des vols de maintenance d'avions sur le site de la société Safran installée sur la zone aéroportuaire.

Léon s'agite et presse ses compagnons qui auraient bien voulu s'asseoir quelques minutes pour reprendre des forces et se partager le pain d'épices. Ils sont à jeun depuis le petit matin.

— Désolé de vous bousculer, mais je suis inquiet pour mon jeune collègue. Quand tout à l'heure nous avons retiré nos bandeaux, j'ai surpris le regard haineux que lui lançait le mafieux qui nous surveillait à Cochin. Pendant nos années d'études, nous avons droit à un enseignement très poussé de psychologie. Et ce que j'ai pu voir passer sur son visage ne m'a pas plu du tout : jalousie, vengeance, envie de meurtre... Rien de bien sympathique, croyez-moi.

— Pensez-vous qu'il avait intercepté vos échanges ? demande Monsieur Étincelle.

— Je n'en sais rien. Je ne pense pas. La ou les raisons sont sans doute ailleurs. Les punitions de la mafia sont réputées terribles et je suis soucieux de savoir le Rebelle, c'est comme ça que nous l'appelions, perdu sur l'île, dans ce panier de crabes.

— Je vais sans doute dire une grosse bêtise, pourquoi ne pas appeler le 17 tout bêtement ? suggère, pragmatique, Monsieur Comme-chien-et-chat.

— Non, je ne tiens pas à les mêler à cette histoire. Je ne voudrais pas qu'avec leurs gros souliers ils viennent saboter le scénario de nos collègues de la brigade anti-grand banditisme. Je vous avoue que j'ai un sombre pressentiment pour le Rebelle. J'espère bien me tromper.

— On est sous vos ordres, Commissaire, reprend Monsieur Comme-chien-et-chat réconforté par sa tranche de pain d'épices.

— Oui, renchérit Monsieur Étincelle. On vous écoute.

— Il nous faut du renfort et ce n'est pas dans ce coin paumé qu'on va trouver quelqu'un pour nous donner un coup de main. On n'a pas le choix et, puisque je ne suis pas flic pour rien, je vais tenter de faire démarrer les deux voitures qui stationnent sur le parking, une pour vous deux et une pour moi. Tout ce que font les malfrats, croyez-moi, je suis capable de le faire. Vous, vous allez filer à la gare de Saint-Malo. En quittant Dinard, vous prendrez le barrage de la Rance puis vous suivrez le fléchage jusqu'à la gare, c'est tout simple. L'école de police de Saint-Malo se trouve juste à côté. Je vous note l'adresse sur ce papier. Vous demanderez le commissaire divisionnaire de l'école et, surtout, insistez bien pour le voir en personne, en disant que c'est de la part de Léon le commissaire et qu'il y a urgence. Je vous rassure, nous sommes amis. Vous lui expliquerez tout et vous lui direz que je suis parti sur l'île de Cézembre. Précisez-lui que je n'ai pas de portable sur moi. Il saura quoi faire. Je pars de mon côté. Il ne me faudra pas plus de cinq à dix minutes pour atteindre la cale de la Vallée à Dinard. J'y trouverai bien un petit rafiot qui fera l'affaire. Les bateaux ne me posent pas plus de problèmes que les voitures. Je n'ai pas besoin de clés pour mettre le moteur en route. J'irai mouiller à distance de l'île de Cézembre, à hauteur de l'île du fort de la Conchée, afin de ne pas me faire remarquer. Je vous écris tout ça pour mon ami le divisionnaire.

Léon fait démarrer les deux voitures avec la maestria d'un loubard des cités. Il répète ses instructions et donne une petite frappe d'encouragement sur l'épaule de ses deux compagnons.

— Commissaire, faites bien attention à vous. Il commence à se faire tard. Dix-huit heures seulement ? J'aurais pensé plus. C'est à cause de ce fichu temps. Comptez sur nous, on vous trouve du renfort au plus vite.

À ces mots, l'Étincelle se rue sur la voiture, une Micra dernier modèle, avec une sensation qu'il n'a jamais éprouvée jusqu'alors, lui, l'amoureux transi, de jouer à James Bond. Il n'aurait pas été étonné que sa voiture se transforme en véhicule amphibie ou que des missiles de faible portée sortent de ses pare-chocs. Son compagnon n'est pas en reste, sautant dans la voiture déjà en marche et bouclant sa ceinture.

— Je te guide. Prends à droite toute. C'est dégagé, il n'y a personne. Fonce ! On peut prendre le risque de se faire flasher.

Le tutoiement s'est installé tout naturellement. Les deux pieds solidement calés, il accroche sa ceinture de sécurité et agrippe la poignée. Il prend très au sérieux son rôle de copilote. Loin d'Irène, et après avoir été fait prisonnier de longues heures dans une salle d'attente, un sentiment de liberté l'envahit. Il a baissé la vitre et le vent du large le frappe en plein visage. Il est heureux.

La baie de Saint-Malo est constellée d'îlots qui font la joie des navigateurs et le ravissement des vacanciers qui foulent le sable durci des plages du littoral. Le nombre de ces îlots augmente à marée basse, et plus encore à l'occasion des marées à fort coefficient.

Le fort de la Conchée se dresse sur un piton rocheux. Construit par Vauban pour protéger le port de Saint-Malo, ses fortifications occupent à peu près toute la superficie de ce gros caillou.

Léon se remémore, un brin nostalgique. *La Conchée et ses fortifications !*

C'est sur cet îlot rocheux qu'on avait simulé avec le commissaire divisionnaire une attaque nocturne.

Solidement amarrés à une bouée en bas du fort, on surveillait nos jeunes. On les avait envoyés à l'assaut des murailles en pleine nuit, et on veillait à ce qu'ils respectent à la lettre les consignes de sécurité. On était transis, il bruinait et on avait un peu trop forcé sur je ne sais plus quel alcool fort. On était un peu fous, à l'époque.

Nous nous étions encore plus amusés qu'eux.

29

Enfin libres

Les dépositions ont été consignées. Les patients sont prévenus qu'ils pourront être contactés ultérieurement pour un complément d'interrogatoire. Une psychologue a été détachée de toute urgence de son service habituel pour proposer son soutien aux ex-otages. Elle s'est installée dans le petit bureau de l'assistante sociale situé à l'étage supérieur.

Madame Comme-chien-et-chat est la première à pouvoir en bénéficier en tant qu'épouse d'otage, ont décrété les Espagnoles d'une seule et unique voix.

Mon esprit n'est que chaos.

Je n'arrive pas à savoir si je suis triste ou contente.

Je n'arrive plus réfléchir à tout ce qui nous est arrivé.

J'ai peur que ma tête explose.

Je ne veux que du repos.

La psychologue m'a demandé ce que je ressentais. C'est triste à dire, mais je ne ressens rien du tout. Je suis comme vidée de toute substance.

Suis-je fière de lui ? Quelle question ! Je dois reconnaître que son geste m'a étonnée. Quand la psy m'a dit que c'est pour moi qu'il s'était « sacrifié », je me suis retenue pour ne pas lui rire au nez. Cette réflexion est ridicule, c'est pour lui, rien que pour lui, qu'il s'est conduit « comme un héros », je reprends les mots grotesques de la psy, pour se prouver qu'il est encore capable d'un acte de bravoure, certainement pas pour moi.

Ai-je peur pour lui ? Je ne lui ai pas répondu. Bien sûr que non.

Je suis trop agitée pour avoir peur.

J'aimerais pouvoir m'assoupir et ne plus rien sentir.

Madame « Ma femme est un soleil » a haussé les épaules en secouant la tête.

Qu'est-ce que c'est encore que ces conneries de psychologue. Je n'ai jamais vu de psy et je n'en ai pas besoin. Mon Léon a toujours été le plus fort, et ce n'est pas aujourd'hui qu'il va faillir.

Mon oncle consulte du regard ma tante. Souhaite-t-elle ou non le support psychologique ?

— C'est préventif, lui explique-t-elle, pour être sûr que tu ne craqueras pas dans les jours à venir. Tu lui dis tout ce qui te passe par la tête, c'est son boulot. À toi de décider. Tu fais comme tu le sens.

— Ma sœur m'a conseillé de vous faire un dessin, dit la sœur cadette à la psy. Il paraît que vous pourrez détecter les répercussions psychologiques de ce qu'il s'est passé rien qu'en l'analysant. Je ne sais pas très bien dessiner, vous savez. Ma sœur m'a dit que ce n'était pas grave et que ce n'était pas ça qui vous intéressait.

La Sportive s'isole pour une séance de yoga. Rien de tel pour se vider la tête, et beaucoup plus efficace que la meilleure prise en charge psychologique du monde.

Les médecins ont pris sous leur aile les Tunisiens. Le chef de famille et sa femme sont originaires de Zaafrane, la ville d'où partent les randonnées et méharées pour le désert tunisien. Le frère de la patiente y est guide-chamelier. Les médecins se renseignent pour leur fils qui souhaite organiser une telle équipée en février prochain.

Le chef de famille est tout heureux de pouvoir leur donner des conseils, et sa femme est soulagée de le voir enfin détendu.

Un peu avant 18 heures, les patients décident de se réunir. Mon oncle bat le rappel. La salle d'attente ne les tente guère. Ils s'installent à côté.

Mon oncle prend la parole d'une voix ferme.

— Nous savons que nos trois amis ont gagné l'hôpital du Val-de-Grâce d'où ils se sont envolés pour une destination qui ne nous est pas connue. Nous ignorons les véritables dessous de cette sale affaire. Peu importe. Notre seule et unique préoccupation doit être le retour de nos trois compagnons de détention. Je vous rappelle qu'ils se sont portés volontaires pour partir avec les ravisseurs et que nous leur devons notre libération.

Puis, se tournant vers les deux épouses des otages :

— Nous nous sommes mis d'accord tout à l'heure, en attendant d'être reçus par les enquêteurs. Nous restons avec vous à l'hôpital tant que vos maris ne vous sont pas rendus. Nous voulons être solidaires jusqu'au bout. Nous leur devons notre liberté.

— Je serais bien resté avec vous, s'excuse l'Orphelin, mais ma maladie me l'interdit. Je viens d'en discuter avec mon épouse. Ce ne serait pas raisonnable. Je risquerais d'être un fardeau pour vous tous. C'est bien la mort dans l'âme que nous nous retirons, de tout cœur avec vous tous !

Le radiologue et son épouse proposent d'aller acheter des pizzas à la Trattoria, la pizzeria très prisée des médecins de l'hôpital, lorsque le directeur de l'hôpital pointe son nez.

Claire les aime bien, ses patients, mais trop c'est trop. Ils commencent à sérieusement lui « pomper l'air ».
Avoir été retenus sous la menace d'armes à feu ne leur a pas suffi !
Voilà qu'ils en redemandent. Passer la nuit à l'hôpital, quelle folie !
Claire ne souhaite qu'une chose, souffler un instant, respirer normalement, surtout retrouver ses filles et son mari et, plus prosaïquement, se débarrasser de son tailleur et de ses collants. *Comment puis-je penser encore à ces futilités après ce que je viens de vivre ? Les futilités nous maintiennent la tête hors de l'eau. Peut-être…*
Le directeur tombe à point. J'espère qu'il sera plus persuasif que je ne l'ai été et qu'il saura leur faire entendre raison.

Le directeur était en déplacement à Rennes. Il arrive tout droit de la gare Montparnasse sans avoir pris le temps de déposer ses affaires dans l'appartement de fonction qu'il occupe à l'entrée de l'hôpital. Il serre la main de chacun, avec un petit mot de réconfort. Il ne voit pas du tout d'un bon œil la requête des patients et tente de les faire changer d'avis.
Ces derniers ne lâchent pas. Le directeur tient bon de son côté.

Il ne peut quand même pas évacuer les patients otages en faisant appel aux agents de sécurité comme on peut être obligé de le faire à l'hôpital pour refouler les patients agressifs et menaçants.

Sous la pression insistante des malades et de celle non moins insistante des journalistes arrivés entre-temps, et qui voient dans cette « mutinerie » une mine de beaux papiers et de non moins belles interviews en perspective, il accepte d'ouvrir une salle d'hospitalisation. Celle-ci avait été fermée la semaine précédente pour des travaux qui ne doivent débuter que quelques jours plus tard. S'y reposera qui voudra, parmi ces malades inattendus…

30

Les deux amis

Un doux clapotis. La mer est plate. La lune mi-figue mi-raisin vient taquiner l'île au gré des nuages. Pas une lumière et pas un bruit ne filtrent de Cézembre. Quelques bateaux sont au mouillage.

Les deux amis discutent à bâtons rompus. Le commissaire divisionnaire, directeur de l'école de police de Saint-Malo, est venu aussi vite que possible rejoindre son ami Léon, le commissaire retraité. Bien organisé, il a sorti de son bateau des vareuses et cirés, un thermos de café, des sandwichs et un paquet de craquelins. Léon a tout de suite appelé son épouse pour la tranquilliser. Avec sa verve habituelle, il raconte à son vieux complice les mésaventures de ces dernières vingt-quatre heures. Son ami lui rapporte ce qu'il a pu en glaner à la radio. Ils finissent la nuit en établissant des quarts de surveillance. Le soleil se lève sans que rien ne se soit passé. Les persiennes du restaurant sont closes, et le volet de fer devant la porte d'entrée est toujours abaissé. Hors vacances d'été, le restaurant n'ouvre le midi que le week-end.

— Ils n'ont pas pu se réfugier ailleurs qu'au restaurant. L'accès aux blockhaus est trop dangereux à cause des mines, explique le divisionnaire. Es-tu sûr qu'ils avaient l'intention d'accoster sur l'île ?

— Je ne suis certain de rien. Ça devait être leur destination, et quelque chose me dit qu'ils sont cachés quelque part sur l'île.

Ils se réchauffent avec le restant de café puis sortent du matériel de pêche de la cabine. Sur les coups de onze heures, le divisionnaire range ses cannes et se prépare à prendre congé. Il n'a pas réussi à faire entendre raison à son ami. Têtu, Léon refuse de quitter son poste. Pour le divisionnaire, c'est une évidence, il n'y a personne sur l'île. Les mafieux sont ailleurs. Soit le Rebelle n'a pas compris la destination, soit les mafieux ont changé d'avis au dernier moment. Un bruit de moteur encore lointain attire soudain leur attention alors même que le bateau n'est pas encore en vue. Un vent sud-est venant de terre s'est levé au petit matin. Ils finissent par distinguer une vedette qui arrive à vive allure de Dinard. Elle ne fait pas mine de ralentir pour accoster, mais contourne Cézembre sans réapparaître de l'autre côté de l'île et sans poursuivre non plus sa route en direction du large. Elle s'est pour ainsi dire volatilisée. Les deux policiers se regardent, surpris. La côte nord de l'île est réputée impraticable. Tous les bateaux mouillent devant l'île ou bien accostent à un quai prévu à cet effet qui borde la belle et unique plage. De leur bateau, les deux amis ont une vue dégagée sur toute la plage et sur le quai. Le divisionnaire met son moteur en marche et fait le tour de l'île tout en restant à une distance raisonnable.

Rien, personne, pas de vedette en vue. Au large, rien non plus. Très perplexe, le divisionnaire décide de rester. Ils passent l'heure suivante à faire semblant de tâter le poisson, le regard fixé sur Cézembre. En fin de journée, la vedette, la même, pilotée par un homme seul sur son bateau, surgit du néant. Le regard figé au loin, un rictus aux lèvres, il fonce sans les avoir remarqués.

— Léon, sans vouloir te faire peur, qui te dit que ton poulain n'a pas été jeté à l'eau de l'autre côté de l'île, là où les écueils sont redoutables ? Ou bien, qui te dit qu'on ne lui a pas tiré une balle dans le dos et qu'il ne gît pas entre deux mines prêtes à exploser dans la zone interdite de l'île ?

— Non, avec la mafia, et surtout la mafia italienne, ça ne se passe pas comme ça. Il y a toute une mise en scène. Le châtiment doit servir d'exemple aux autres. C'est un spectacle qui se prépare, et, crois-moi, les parrains ne manquent pas d'imagination pour marquer les esprits.

Tu sais, je les ai suffisamment fréquentés pendant la deuxième partie de ma carrière pour bien les connaître.

31

Tromperie sur la marchandise

Maestro bouillonne de rage. Il en tremble. De l'écume lui pointe aux commissures des lèvres. Zoppo l'a sorti du trou juste à temps, non pas pour qu'il ait la primeur, mais pour qu'il puisse tout du moins se repaître de ces merveilles orientales, avant qu'elles ne soient dispersées. Car il est bien le seul à pouvoir les apprécier à leur juste valeur.

Tous les amateurs et collectionneurs de pièces anciennes sont sur le pont. Ce devait être la livraison la plus importante, du jamais-vu.

Les islamistes ont en effet un besoin urgent d'armes qu'ils vont diviser en trois lots : le premier pour la France, le deuxième pour l'Allemagne, et le troisième pour la Belgique. Ils ont mis la gomme et ont annoncé qu'ils s'étaient surpassés.

Sous l'autorité de Zoppo, les gars de Maestro ont fait tout leur possible pour se procurer la quantité d'armes exigée.

Maestro sort les objets du container, avec précaution d'abord, puis avec une fébrilité croissante. Il soupèse chaque figurine, l'expose d'abord à la lumière du jour déclinant puis à celle de son portable pour l'examiner sous toutes les coutures en plissant les yeux. Avec son ongle, il gratte la crasse, couche de sable et de terre qui l'enrobe parfois.

Il en suffoque et ne parvient pas à contenir sa colère. Il écrase au sol une statuette en plâtre jusqu'à ce qu'elle soit réduite en poussière. Rien que de la camelote, il n'y a pas une pièce de valeur dans tout le lot. Quelques pâles imitations de pièces anciennes habilement mêlées à des fragments de vestiges authentiques mais sans grand intérêt débordent des coffres. Il extirpe de ses deux mains une stèle qu'il scrute avec attention pendant de longues minutes. Il jurerait que c'est un faux. Elle est beaucoup trop légère, et ses inscriptions sont beaucoup trop nettes. De dépit, il la fracasserait bien à terre. Mais il a peur de faire du bruit et de gâcher sa mise en scène. Il se laisse tomber sur un rocher pour réfléchir.

Les armes sont parties. Quand exactement?
D'après Zoppo, il y a quarante-huit heures. Il se sent floué et roulé dans la farine comme un bleu.
Les islamistes savaient qu'il était neutralisé derrière les verrous et en ont profité pour traiter avec Zoppo et ses hommes qui n'y ont vu que du feu.
Et le petit chalutier, encore une couillonnade!
Maestro se frappe le front avec violence.
Le bateau a été arraisonné il y a dix jours, et son contenu confisqué, puis renvoyé par les autorités en Syrie. Rien que des pièces magnifiques, lui a-t-on rapporté.
Ce chalutier, au bout du compte, ce n'était qu'un leurre!
Mais quel con j'ai été!
Je vieillis, et la prison, ça n'arrange rien.

Ce qu'ils voulaient, c'était nous appâter pour mieux nous tromper sur leur marchandise.

Et ça a d'autant mieux marché qu'ils s'étaient toujours montrés réglos.

Les jihadistes ont besoin de récupérer au plus vite une très grosse provision d'armes. Ils n'ont malheureusement plus grand-chose à troquer en échange.

Il est devenu impossible de voler dans les musées syriens.

Les sites archéologiques ont été mis à sac depuis longtemps.

Quant à démarrer des fouilles clandestines... Même bâclées, ça prend du temps... beaucoup trop de temps.

Alors que font-ils ? Ils se font arraisonner avec une microscopique cargaison de quelques pièces de valeur au large de Malte. Les matelots ripostent à coups de feu. Personne n'est blessé, mais les médias en parlent. C'est ce qu'ils veulent.

Et, quelques jours plus tard, ils nous envoient ces caisses de détritus espérant qu'on se fera avoir. Ils ont vu juste sans craindre grand-chose de mon côté puisque j'étais encore en prison. Mon pauvre Zoppo, lui-même s'est fait embobiner.

Zoppo est plus fiable pour goûter la cocaïne ou l'héroïne. On n'a pas intérêt à lui refiler n'importe quoi. Il regarde la poudre, il la hume et la goutte. Jamais il ne s'est fait avoir. C'est lui qui me fournit en héroïne, car il sait qu'on pourrait me fourguer de la poudre trafiquée.

À chacun sa spécialité. Il va en être malade. Va falloir que je fasse attention à ce que je lui dirai.

Ils ne perdent rien pour attendre, ces chiens.

Ils n'en mèneront pas large quand ils apprendront que je me suis évadé.

Ils vont le payer très cher, foi de Maestro.

Il était plus que temps que je reprenne les choses en main.

Les lots précédents devaient être de qualité, sinon j'en aurais entendu parler.

Mes hommes n'ont eu jusqu'à présent aucun mal à écouler toutes leurs marchandises.

Difficile de tromper un collectionneur qui ne vit que de et pour ces pièces rares.

Maestro consulte l'heure. Il est en retard. On doit l'attendre.

32

La revanche

C'est l'heure de la confrontation. Maestro sort du blockhaus dans lequel ont été entreposés les coffres et s'écarte de justesse pour éviter une fiente de mouette qui lui tombe droit dessus. Il a gardé ses Berluti aux pieds et le regrette. Il se félicite en revanche d'en avoir acheté trois paires. Si celle-ci ne survit pas à son équipée, il aura toujours les deux autres en réserve.

Il jure, dans un patois italien, qu'il est préférable de ne pas comprendre, et s'éloigne en serrant les dents et les poings.

Sans faire de bruit, il se rapproche du deuxième blockhaus et s'accroupit pour regarder, à travers une pierre descellée, ce qu'il se passe à l'intérieur. Faisant fi du crachin persistant, il cherche une position confortable pour savourer le spectacle et s'installe tant bien que mal.

Il fait très sombre. L'endroit est balayé par le vent et les embruns. Il a du mal à comprendre ce qui se dit parce qu'il est assourdi par les hurlements des mouettes et le fracas de l'océan balayé par des rafales de vent.

J'aurais voulu planter un décor que je n'aurais pas trouvé mieux. Ciel, mer, oiseaux menaçants, et grain qui pointe à l'horizon. Très réussi !

Le petit jeu allait bientôt commencer. Carlo prend la parole.

— Mission réussie. Nous avons enlevé Maestro au nez et à la barbe de ses gardiens. Vous ne l'avez sans doute jamais croisé, mais je sais que vous en avez tous entendu parler et que vous attendez avec impatience sa *Donna è mobile*, l'air fétiche qu'il interprète chaque fois qu'il met un pied à Cézembre. À vous, Maestro.

— Mes amis, ce n'est pas l'envie qui me manque mais j'en suis bien incapable ce soir, soupire Romain, le faux Maestro, de sa voix de futur opéré du larynx. Le pauvre Verdi s'en retournerait dans sa tombe. Vous me voyez épuisé par la maladie et les dures conditions de vie en prison. Le voyage a fini de m'achever.

Romain bénit le ciel d'avoir lu avec attention le résumé du livret de l'opéra fétiche de Giuseppe Verdi et du Maestro, et d'avoir retenu que *La donna è mobile* en est l'air le plus connu. C'est celui du duc de Mantoue qui va séduire avec cynisme la fille innocente et pure de Rigoletto, le bouffon de la cour.

Il ajoute, tout en faisant mine de plaisanter :

— Le duc de Mantoue me transpercerait de son épée à la première note écorchée de son air sublime.

«Il ne se défend pas mal, l'animal», reconnaît admiratif le véritable Maestro, les yeux rivés sur la fissure qui lui offre une place aux premières loges.

Il ne veut pas perdre une miette du spectacle.

— Allez, Maestro, ne vous faites pas prier, insiste Carlo, auxquels ses hommes font écho. Je l'ai promis aux gars. Vous auriez même dit, on me l'a rapporté, que s'il vous arrivait un jour de refuser de chanter Verdi à Cézembre, il faudrait alors se poser la question d'une imposture et se méfier. N'est-ce pas la vérité ?

— Effectivement. Mais comme vous avez pu le constater, les amis, ce n'est pas la grande forme. Or Verdi ne supporte pas la médiocrité. C'est un mélomane qui vous le dit. Au risque de vous décevoir, je préfère ne pas chanter, ce soir.

Romain, qui conserve encore la face, se sent de plus en plus inquiet.

Il s'est isolé ce matin sur un promontoire sans réussir à aller bien loin et n'a pas pu établir de contact avec sa base. Pas un poil de réseau.

Il sent bien que Carlo le surveille. C'est évident.

Et aucun signe de reconnaissance de l'agent supposé avoir infiltré l'ennemi.

Ils sont certes en territoire hostile, mais quand même. Il serait beaucoup plus à l'aise s'il avait la certitude de pouvoir être épaulé en cas de besoin.

Il doit savoir que je ne suis pas le Maestro et il joue au chat et à la souris. Qu'attend-il pour me démasquer ? Je le saurai toujours assez tôt. Il faut que je tienne, je n'ai pas le choix.

Une certitude : Carlo n'est pas notre agent.

— Maestro, on ne bougera pas d'ici tant qu'on n'aura pas eu notre *Donna è mobile*, insiste Carlo.

Romain tente une ultime diversion.

— En connaissez-vous au moins les paroles ?

Les hommes font signe que non.

— À défaut d'être en état de vous le chanter, je peux vous en traduire les paroles.

« La femme est inconstante

Comme plume au vent,

Elle change de propos

Et de pensées... »

Et puis, figurez-vous que j'ai occupé mes longues journées de détention à réfléchir et à méditer, et je dois dire que je rejette maintenant en bloc ces propos machistes. Une raison de plus qui explique ma réticence, conclut Romain d'un ton sec n'admettant plus la moindre contradiction.

À mon tour de jouer.
Maestro, le vrai, le mafieux, se redresse, quitte son observatoire sans un bruit et s'éloigne de quelques pas. Il prend alors une profonde inspiration et, du bout de ce sentier aveugle qui borde la falaise, entonne *La donna è mobile*.

Romain blêmit, le Rebelle se fige, Carlo réprime un sourire, et les hommes qui ne comprennent plus rien haussent un sourcil ou dressent l'oreille. Cette voix magnifique qui épouse les formes du terrain accidenté avant de se glisser par la fissure dans la caverne, comme le génie malin d'Aladin, cloue le bec des mouettes, goélands et autres oiseaux de mer, d'habitude si bavards. Dans cette salle à l'acoustique extraordinaire, l'écho amplifié se répercute d'un mur à l'autre. Les hommes interrogent Carlo du regard.

L'acte III de l'opéra *Rigoletto* au cours duquel est repris cet air revient à Romain tel un boomerang et le frappe sans pitié.

Le bouffon Rigoletto a payé un tueur à gages pour éliminer le séducteur de sa fille, le duc de Mantoue. Savourant sa vengeance, debout devant le sac qui contient ce qu'il pense être le cadavre du séducteur, il entend au loin le duc fredonner *La donna è mobile*. Il comprend alors que ce n'est pas le duc qui a été assassiné mais découvre avec horreur que le cadavre est celui de sa propre fille, Gilda.

En l'espace de quelques secondes, Romain comprend que le véritable Maestro s'est échappé de l'hôpital et qu'il est là, sur l'île, tout à côté, sur le point de le confondre, dans une mise en scène digne d'un grand maître de l'opéra. Il n'a pas le temps de réagir. Maestro, en héros de tragédie, fait son entrée sous les yeux ahuris des spectateurs et envoie, de sa poigne terrible, Romain percuter le mur.

— Attachez-le et désarmez-le, ordonne-t-il en le maintenant de sa semelle de luxe à terre. Romain est ligoté et désarmé en un rien de temps.

Carlo prend la parole.

— On fait comme d'habitude, patron ?

Maestro ne répond pas, il réfléchit, tout en essuyant avec soin le bout de ses chaussures souillé par les embruns. Le sel, c'est toxique pour le cuir, ça laisse des traînées blanches. Il aurait dû y penser avant.

Carlo, pensant avoir l'approbation du boss, se tourne vers ses hommes :

— Embarquez-le tout de suite et faites cap sur la plage de Port-Blanc à Dinard. Toi, toi et toi, ordonne-t-il, en les désignant du doigt. En accostant à Port-Blanc, vous verrez sur votre gauche une cage en pierre avec des barreaux en fer, solidement amarrée à la jetée. On la distingue à peine sous les algues. Les grilles sont rouillées et, avec les coquillages, vous aurez du mal à l'ouvrir. Prenez quelques outils. Bâillonnez-le serré avant de l'enfermer. La marée va monter et fera le reste. À cette heure-ci et avec la tempête qui menace, vous ne risquez pas de rencontrer grand monde.

Et se tournant vers Romain :

— Tu as de la chance, c'est un petit coefficient de marée, tu n'auras pas à attendre bien longtemps.

Le Rebelle fait mine de vérifier les nœuds des poignets et des pieds pour glisser à l'oreille de Romain :

— Je connais l'endroit. Je t'y rejoins dès que je peux. Surtout, ne panique pas. Je vais te sortir de là.

Maestro reprend la parole :

— Stop, les enfants. C'est vrai qu'il a usurpé mon identité et qu'avec ses amis il a failli faire échouer mon évasion. Mais ce sont les traîtres, c'est-à-dire ceux qui nous ont vendus, les repentis, que nous enfermons. Lui, c'est un flic, et même si je n'aime pas les flics, il n'a pas trahi, il a juste obéi aux ordres de ses supérieurs. Il ne mérite pas la noyade, ni même d'être abattu. Je voudrais juste lui donner une bonne leçon pour lui montrer ce qu'il en coûte de se moquer de Maestro. Il pourra raconter plus tard que je sais me montrer magnanime quand je le veux. Quand je le veux seulement. Sais-tu ce qui t'a sauvé, l'ami ? Ton aplomb. Tu m'as bien amusé tout à l'heure en donnant le change avec panache, même si je suis persuadé que tu ne connais rien du tout à l'opéra et que tu n'as jamais mis les pieds dans un théâtre lyrique. Oserais-tu dire le contraire ?

Romain hoche la tête. Il respire profondément.

Maestro reprend à mi-voix *La donna è mobile* puis s'interrompt.

— Et maintenant, *è finita la commedia*. Ça m'a fait du bien de rire un peu. Allez, au boulot les gars, on a du pain sur la planche. Vous allez emballer les pièces une à une puis vous les répartirez dans ces containers. Le bateau doit passer prendre la marchandise à 22 heures. Ça vous laisse le temps de travailler proprement. L'avion ne décollera de Pleurtuit pour Southampton qu'au petit matin. Pleurtuit, pour ceux qui ne le savent pas, c'est le petit aéroport de Dinard.

— Patron, la cargaison arrivera au plus tard demain soir chez Rachid dans les réserves du British Museum. Allez, je veux voir tout le monde à l'œuvre.

Carlo redynamise ses hommes.

— Rachid, c'est notre sauveur. Tu ne peux pas savoir, Carlo, comme tout est devenu beaucoup plus simple depuis qu'il dirige l'équipe de restauration des antiquités du Moyen-Orient du British Museum. Et le plus drôle, enchaîne Maestro en riant de bon cœur, c'est qu'il s'est occupé lui-même en personne, il y a quelques mois, de la restitution par le musée de certaines pièces volées en Syrie. Tu vois, Carlo, des pièces du monde entier lui sont adressées pour expertise, et notre trafic passe complètement inaperçu. Personne ne s'interroge sur nos envois. Rachid nous a remis en état des cargaisons d'objets abîmés par ces brutes de transporteurs. Là, je suis pessimiste. J'ai bien peur qu'on ne soit aujourd'hui perdants malgré toute l'habileté de Rachid. Nos clients sont des connaisseurs, et on n'a pas intérêt à les flouer. Va, laisse-moi, j'ai encore quelques affaires à régler. Une chance encore que nous n'ayons pas délégué les livraisons d'armes comme nous le faisons d'habitude.

33

Une complicité étroite

Quelques minutes plus tard, Maestro compose le numéro de Zoppo.

— Zoppo ?

— ...

— Oui, je suis toujours à Cézembre. Je me suis installé juste derrière le restaurant. C'est le seul endroit de l'île où l'on peut capter une à deux barres de réseau, et pas toujours, encore.

— ...

— Si je t'appelle, c'est pour te prévenir que les Syriens se sont fichus de nous. Ils nous ont refilé de la marchandise sans aucune valeur. *Figli di buona donna, pezzi di merda.*

— ...

— Mais non, Zoppo, comment peux-tu penser ça ? Je ne t'en veux absolument pas. Imbécile, ce n'est pas contre toi que j'en ai, je te le jure, c'est contre ces fils de putes. Je voulais juste te prévenir pour que tu sois au courant. Zoppo, tu es *mio fratello* pour la vie, et tu le sais bien. Je n'oublierai jamais que c'est toi qui m'as fait sortir du trou.

— ...

— Je ne suis pas encore tout à fait fixé sur ce que je vais faire. Je ne peux quand même pas tous les enfermer dans la cage à marée et les noyer. Dieu sait pourtant si ce n'est pas l'envie qui me manque.

— ...

— Je ne peux pas perdre la face, Zoppo, tu comprends? Mon idée, c'est de détruire toutes les caches d'armes qu'on vient d'approvisionner. Qu'en penses-tu? On sait tous les deux où elles se trouvent. Zoppo, *mio amico*, *mio fratello*, il faut que tu m'aides, il me faut tout de suite des hommes et des explosifs pour tout faire sauter.

— ...

— Comment ça, im-po-ssible, mon ami? Tu n'as vraiment plus rien? Tu plaisantes, j'espère?

— ...

— Tu leur as tout livré, jusqu'à la moindre cartouche?! Et vous êtes complètement à sec?

Et quand seras-tu réapprovisionné?

— ...

— Quelques semaines?! Tu n'es pas sérieux, mon ami? Allez, tant pis, laisse tomber, je vais me débrouiller autrement. Excuse-moi de m'être emporté. Je t'assure que ce n'était pas contre toi. Assez parlé de moi, tu n'avais pas fini de m'expliquer ton nouveau réseau africain de cocaïne. On change de sujet, raconte un peu...

34

Le Rebelle

La bimbeloterie pseudo-antique a été emballée et rangée dans les coffres prévus à cet effet. Le bateau ne va pas tarder. Les hommes blaguent en cassant la croûte avant de quitter les lieux.

— La marée remonte, les gars, constate l'homme qui avait participé avec le Rebelle à la prise d'otages à Cochin. Tiens, dit-il en se tournant vers ce dernier, apporte ce quignon de pain au « traître ». Maestro sera fâché si on le laisse mourir de faim. Moi, ça me ferait trop mal aux tripes de le nourrir. Parce que, quoi qu'en dise le patron, c'est un traître. Maestro a été sensible au culot de ce type. C'est sa faiblesse, et ça le perdra un jour. Enfin, on ne peut pas aller contre les ordres du chef.

— Où est Carlo ? demande quelqu'un. Il devait vérifier le travail.

— Laisse tomber, il est allé fumer.

Le Rebelle s'exécute. Il s'éloigne pour gagner le fortin situé à une petite centaine de mètres de là dans lequel est enfermé Romain.

— Romain, c'est moi. Je t'apporte du pain. Je n'ai pas pu te faire signe plus tôt. Carlo, notre chef, ne te lâchait pas des yeux. Je pense qu'il a compris dès le départ que tu n'étais pas Maestro. Je le connais bien, je suis en quelque sorte son homme de confiance. Maestro est reparti. Il est fou furieux parce qu'il s'est fait refiler des fausses antiquités. Je ne sais pas ce qu'il compte en faire, mais on peut être sûrs qu'il n'en restera pas là !

— Va-t'en ! Ce n'est pas prudent. Bouge-toi ! Dépêche ! Et merci pour le pain.

— T'inquiète, ce sont les autres qui m'ont envoyé. J'ai encore un petit peu de temps. On a fini la besogne. Le bateau arrive bientôt. Je ne sais pas ce que Carlo va faire de toi. Le plus probable, c'est qu'on te laissera sur l'île. Dès qu'on aura quitté Cézembre et que je pourrai à nouveau utiliser le portable, je préviendrai les autres. Là où tu es, tu ne risques rien. Il faut que je te dise, aussi. J'ai surpris une conversation entre Maestro et Carlo que je n'aurais jamais dû entendre. C'est à propos de Zoppo…

Romain pousse un cri, car deux têtes apparaissent à l'entrée du fortin, c'est Carlo accompagné d'un jeune qui se jette sur le Rebelle pour le maîtriser.

— Je ne voulais pas le croire. Pas toi !… Et moi, qui te faisais entièrement confiance. Vermine, quand je pense que je te racontais tout et que tu me suivais partout.

Incrédule, Carlo semble accablé par ce qu'il vient de voir, et surtout d'entendre.

Puis, en secouant la tête :

— Zoppo a bien raison quand il dit qu'on ne peut se fier qu'à soi-même. Ton coéquipier avait des soupçons. Il ne me lâchait pas. Je m'étais même fâché. Je croyais que c'était de la jalousie parce que tu lui passais devant.

Carlo, cramoisi, serre les poings. Ses jointures sont blanches. Il se contient et se fait craquer les articulations des doigts pour contenir sa colère.

— Vous me croyez cette fois, patron ? Il vous en aura fallu du temps. Moi, je savais dès le début qu'on ne pouvait pas lui faire confiance.

C'est le coéquipier du Rebelle, celui qui a participé au rapt et à l'enfermement des malades à l'hôpital Cochin, qui se déchaîne.

En s'approchant du Rebelle :

— Monsieur connaît beaucoup de choses, il a fait l'université lui, il parle bien, mais c'est un traître. Un vrai de vrai. Chien ! hurle-t-il. Moi, j'suis pas allé à l'école bien longtemps. À 14 ans, j'étais en apprentissage. Mais moi, je trahis pas. Patron, faites-moi plaisir, vous me devez bien ça. Je vais m'en occuper et ce sera du bon boulot, j'vous l'dis. Tu sais quel sort on réserve aux ordures de ton espèce, tu le sais, hein ? Le pi-è-ge à ma-rée, articule-t-il en détachant les syllabes. Patron, laissez-moi faire, je vous en supplie.

— Stop là, intervient Romain. Attendez une minute. Maestro m'a épargné hier, jugeant que je n'étais pas un traître, mais un policier en exercice. Mon collègue est exactement dans la même situation. Il n'a pas trahi. Ce n'est pas un mafieux qui aurait retourné sa veste. C'est juste un policier qui a accompli la mission qui lui a été confiée.

Romain défend avec véhémence la cause de son collègue.

— Toi, tu la fermes. Parce que si tu y tiens vraiment, t'auras le même sort que ton copain. C'est OK, patron ?

Le soir même, sous un ciel de nouveau totalement dégagé, l'île redevenue le territoire exclusif des oiseaux de mer se transforme au soleil couchant en un bijou de sereine beauté qui contraste avec le décor lugubre du tragique acte III de Rigoletto.

35

Sauvetage ?

— J'ai comme l'impression qu'on arrive à point nommé. Le Rebelle, tu m'entends ? C'est moi Léon, ton pote Léon. Bouge un peu les pieds là-dedans. Montre-nous que tu es vivant. C'est bon. Alors écoute. On est là. Tu n'es pas un homard, ni même une langouste. Tu seras mieux au sec. Tu es d'accord ? Il nous faut juste un peu de temps pour te libérer. Ne t'en fais pas, tu ne risques plus rien. Je suis avec un ami de l'école de police de Saint-Malo. On s'active. Il faut juste qu'on scie les barreaux de la cage. Ça ne devrait pas prendre trop de temps. Ils sont bien rouillés. Alors tu respires tranquillement et puis je veux voir le sac bouger. Je vais continuer à te parler jusqu'à ce qu'on te sorte de là.

Les hommes de Carlo avaient bien fait les choses. Ils avaient tapissé la cage de goémons après y avoir enfoui le Rebelle dans un sac à gravats percé de trous, non pas pour lui permettre de respirer, mais pour que l'eau puisse y pénétrer plus facilement. Impossible pour un randonneur qui serait passé à proximité de deviner qu'un homme y était enfermé.

Les vagues commençaient à lécher le fond de la cage quand les policiers sont arrivés sur place.

— Tu m'entends toujours ? Un des barreaux vient de céder, on s'attaque au deuxième. Ce n'est plus qu'une question de minutes. Ça y est pour le deuxième, et ça a donné du jeu pour les autres qui sont descellés. C'est bon.

La grille qui vient de céder en bloc fait un bruit assourdissant en rebondissant sur les rochers avant de sombrer dans l'eau.

Léon et son ami avaient suivi les préparatifs du châtiment à la jumelle, partagés entre l'envie d'aller secourir le Rebelle promis à une noyade « à petit feu » et celle d'attendre que tous les mafieux se soient éparpillés. Ces derniers avaient enfermé leur prisonnier à l'étale de basse mer. Ils avaient contemplé la cage une petite heure avant de le laisser seul, méditer sur sa vie passée et sur le peu qui lui restait à vivre. Ils s'étaient ensuite dispersés craignant que leur attroupement ne paraisse suspect à d'éventuels promeneurs. Léon avait tout de suite compris ce qu'ils lui concoctaient. Le bateau des mafieux était passé à quelques encablures de celui du policier. Caché dans le bateau, les craintes de Léon avaient été confirmées quand il avait pu voir, grâce aux jumelles de son ami, le Rebelle encadré par deux colosses, pieds et mains ficelés. Il avait frémi en distinguant dans les bras de l'un des cerbères un grand sac à gravats, vide. Connaissant les coutumes des mafieux, il ne s'était guère fait d'illusions sur leurs intentions.

Léon balaie les algues d'un coup de main puis sort tout doucement le sac de la cage. De l'eau de mer s'écoule des trous percés. Ils libèrent le Rebelle infiltré, démasqué et maintenant sauvé, qui se déplie, se secoue comme un chien mouillé et qui répond longuement à l'accolade émue de Léon. Il tremble de froid sous la couverture de survie dont l'ont recouvert les deux policiers et s'affale par terre comme une grand-voile que l'on vient d'abattre. Le divisionnaire sort de sa poche une petite fiole de fine de Bretagne qu'il fabrique lui-même en distillant du cidre dans l'alambic que lui ont offert ses étudiants. Ils ont du mal à lui faire desserrer les lèvres, car il grelotte et claque des dents. Ils réussissent à lui glisser quelques gouttes de cette eau de vie entre les dents. Le rebelle est pris d'une quinte de toux qui se termine grâce aux bourrades que lui assènent les deux amis pour le réchauffer.

Sans pouvoir encore articuler un mot, le Rebelle se dégage de Léon, pour montrer du doigt une barque rouge, amarrée à une bouée. Le divisionnaire, bravant l'eau froide, se met à l'eau et libère de l'embarcation Romain, lui aussi extrêmement choqué.

Les mafieux n'avaient pas osé braver l'interdit du Maestro en lui faisant goûter au piège à marée. Ils l'avaient immobilisé au fond de la barque, afin que, bien installé, il puisse déguster, sans bouger et sans pouvoir appeler à l'aide, la lente et silencieuse agonie de son collègue. La barque était à une vingtaine de mètres de la cage. Romain, impuissant, s'était déchiré la peau des mains sur les liens en essayant de s'échapper pour aller délivrer son ami. Quand il avait senti la houle balancer doucement le bateau dans lequel il gisait, il avait alors perdu tout espoir et s'était recroquevillé pour ne plus entendre les cris assourdissants de mouettes au milieu desquels il avait cru percevoir ceux plus déchirants encore de son ami le Rebelle.

36

Changement de cap

Légèrement voûté, Maestro, les bras croisés derrière le dos, fait les cent pas. Il réfléchit. D'un côté, il ne peut pas laisser cet affront impuni, il en va de sa crédibilité, de l'autre, il n'a plus les moyens de détruire les armes.

« Il n'y a pas de problème sans solution », telle a toujours été sa devise.

Il a quitté Cézembre pour Dinard et, soucieux, il arpente la promenade du Clair de Lune. Ses pas le mènent vers la majestueuse villa de son ami le restaurateur d'antiquités du British Museum. Cette dinardaise[1], très british, se dresse de toute sa hauteur, comme pour défier les ans, le vent et les courants, haut perchée sur le chemin de ronde. Hadrien, le jeune cardiologue, est enfermé dans le sous-sol de cette superbe villa.

Après avoir quitté le pavillon de cardiologie, Tonio, laissant Maestro et Zoppo vivre leur vie, pousse le fauteuil roulant sur lequel gît Hadrien jusqu'à la sortie de l'hôpital. Maestro lui a donné des consignes strictes : habiller Hadrien, toujours semi-comateux, le faire monter dans

---

1. Villa traditionnelle de Dinard.

un taxi pour rejoindre Suresnes où est parquée sa vieille Peugeot. Un bref stop à Suresnes. Juste le temps de lui faire ingurgiter un somnifère dissous dans un verre de whisky bien tassé qui le fait replonger, et de le hisser sur la banquette arrière de la voiture. Tonio se hâte de quitter Paris.

Hadrien émerge dans une cave voûtée aménagée avec goût sans ouverture sur l'extérieur et dont la porte est fermée à clé. Allongé sur une banquette-canapé, il a un mal fou à reprendre ses esprits, oscillant entre des moments de lucidité et des périodes de sommeil agité.

Complètement réveillé depuis quelques heures maintenant, il se sent désorienté. Il n'a aucune idée de l'heure car son portable a disparu, ni du lieu dans lequel il est enfermé. Il est affamé quoique nauséeux. Une douleur lancinante lui vrille le crâne. La pièce, sommairement meublée, lui paraît accueillante. Dans un coin, il découvre sur une table basse de vieux numéros de revues d'art et, sur une espèce de guéridon, un service à thé oriental. Hadrien cherche en vain un point d'eau. Une vague odeur d'humidité le prend à la gorge. Il frissonne de froid, mais aussi de peur et de fatigue. Jusqu'où cette sombre affaire va-t-elle l'amener ? Que sont devenus les deux Maestro ? Les attentats ont-ils été évités ? Et aussi, ose-t-il se dire, que vais-je devenir ? Autant de questions oppressantes qui lui donnent envie et un besoin de se replonger dans un sommeil profond. Que peut-il faire d'autre au fin fond de sa cave ? Au bout du monde ? De son existence ?

— Alors, fils, ça va ? Tu as bien dormi à ce que je vois. Comment te sens-tu ? J'espère que mes amis ne t'ont pas trop amoché. Fais voir un peu.

Hadrien ne répond pas.

— C'est peut-être le moment d'avoir une bonne discussion et que tu m'expliques ce qu'il s'est passé et pourquoi tu m'as porté ce coup bas. Ne t'inquiète pas outre mesure, tu n'es qu'à Dinard, dans la villa de mon ami Rachid. J'ai voulu te mettre à l'écart pour éviter que tu ne fasses encore des bêtises.

Le ton est amical. Maestro s'assoit à califourchon sur une chaise. Il observe Hadrien qui, sur son lit, feuillette la revue sans relever la tête. Il se racle la gorge.

— Allez, fils, ne fais pas la tête comme ça. Raconte.

Sous le coup de l'épuisement, Hadrien craque. En soupirant, il fait démarrer son récit aux attentats du 13 novembre 2015. Il raconte Alexandre, de treize ans son aîné, avec qui il partageait néanmoins tant de souvenirs et tant de projets. Alexandre qui l'avait toujours encouragé dans ses études de médecine. Alexandre qui l'avait initié à la planche et au kite-surf à Saint-Cast, tout près d'ici. Il raconte Faustine qui allait fêter ses 16 ans. Elle avait convié toute la famille au spectacle de hip-hop qui devait avoir lieu le lendemain du drame sur le parvis de la Défense. Hadrien avait la mission d'en enregistrer une vidéo que sa nièce posterait sur les réseaux sociaux. Elle ne pensait qu'à ça depuis des mois, « une vraie fixette », insista-t-il. D'ailleurs, Hadrien conservait, bien rangée dans son portefeuille, la photo souriante de sa nièce posant dans une salopette aux genoux tailladés qu'elle ne quittait pour ainsi dire jamais, avec ses piercings aux oreilles et une casquette patchwork sur la tête. Il raconte sa belle-sœur qui n'a qu'une idée en tête, se jeter par la fenêtre mais qui, privée de l'usage de ses jambes, ne le peut pas. Sa famille et ses amis se relaient en permanence à son chevet.

— Et mes parents, ils ne sont plus que l'ombre d'eux-mêmes. Je tiens le coup pour eux et pour ma copine. Je ne sais pas ce que je serais devenu sans elle.

Hadrien, brisé de fatigue, se met à pleurer.

— La DGSI m'a recruté pour vous piéger, c'est ça la vérité. J'ai hésité à coopérer. Ça n'avait rien à voir avec vous, mais avec l'éthique de ma profession à laquelle j'adhère profondément. Les agents de la brigade ont réussi à me convaincre, en appuyant là où ça fait mal. Ils m'ont rappelé le Bataclan, comme si je pouvais avoir oublié.

Hadrien renifle et s'essuie le nez avec la manche de sa veste toute froissée. Il laisse filer un long soupir.

— Ils ne m'ont rien caché de vos terribles activités. Je suis au courant de tout, de vos abjects trafics avec les islamistes qui vous échangent des œuvres d'art volées contre des armes que vous vous procurez je ne sais où. Vous les vendez ensuite à des collectionneurs tout aussi pourris. Le ton monte d'un cran. Vous vous enrichissez sur la vie de centaines d'innocents. Parce que, et vous le savez bien, vous armez des terroristes qui vont pouvoir commettre, grâce à vous, leurs attentats. Sous vos airs de grand seigneur, vous n'êtes qu'un assassin. On a échoué et tout est perdu. Faites de moi tout ce que vous voudrez, ça m'est bien égal maintenant. Je préfère ne pas voir ce qu'il va se passer.

Hadrien se cache les yeux puis se frictionne les tempes, accablé.

— Je savais que les attentats étaient imminents et que les brigades anti-criminalité et antiterroristes étaient complètement dépassées, poursuit-il d'une voix cassée. Voilà la raison qui m'a amené à accepter leur proposition, à vous tendre un piège dans lequel vous vous êtes engouffré. J'ai fait tout mon possible pour aider à déjouer ces attentats. Je ne regrette rien, même si je constate que tout ça n'aura malheureusement servi à rien puisque vous êtes ici. Je ne sais pas comment vous vous êtes échappé, car tout est flou dans ma tête. Mais si vous êtes libre, c'est que tout est foutu et que des innocents vont encore payer.

Maestro, menton calé sur la paume, ne dit rien. Il écoute. Quelques minutes s'écoulent. Hadrien se mouche une fois encore et retourne à sa lecture, assis en tailleur sur la banquette.

— Allez, fils, suis-moi, on va se prendre une bonne bouteille. Je suis sûr que tu meurs de soif et de faim. À ton âge, j'étais affamé en permanence.

Peu stable sur ses jambes, Hadrien remonte des sous-sols de la demeure jusque dans une immense cuisine dont la baie vitrée s'ouvre sur la mer. Le soleil entre à flots. Hadrien cligne des yeux, ébloui par la lumière et encore un peu étourdi. Sur une horloge fixée au-dessus de la cuisinière, il est 14 heures. Hadrien est incapable de savoir si les évènements se sont déroulés il y a vingt-quatre ou quarante-huit heures, peu importe, se dit-il, soudain très las.

Maestro fait l'inventaire du frigo et en sort triomphalement une terrine de pâté de campagne.

— Tu m'en diras des nouvelles. Elle vient des halles de Dinard. Tu n'en trouveras nulle part ailleurs de pareille. Et puis regarde, un pecorino vieilli, lui, il vient de chez moi. Coupe cette miche pendant que je mets le couvert.

Maestro revient avec assiettes et couverts, un peu déçu par l'inventaire des bouteilles.

— Ces deux cannettes de bière feront l'affaire. Écoute-moi, fils. Ce que tu viens de me raconter m'attriste profondément. La mort d'Alexandre et de ta nièce me peine. Tu es en droit de ne pas me croire, et je ne t'en voudrais pas. Pourtant, écoute-moi maintenant.

Maestro empoigne l'épaule d'Hadrien pour forcer ce dernier à le regarder.

— Je tiens d'abord à te remercier d'avoir pris soin de moi. Zoppo m'a raconté que, le jour de mon évasion, tu étais revenu sur place parce que tu étais inquiet. Tu m'as pris le pouls et tu as vérifié que je respirais correctement. C'est bête, mais j'en suis touché. Le plus important, c'est la suite. Je me suis fait gruger par les islamistes, ceux auxquels j'ai fait livrer les armes. Le deal que nous avons depuis plusieurs années se résume ainsi : des armes contre des œuvres d'art. Mais là, je me suis fait fourguer toute une cargaison de saloperies. Nous, nous avons toujours été réglos. Les armes ont déjà été livrées, et nous savons exactement à quel endroit puisque, contrairement à notre façon habituelle de procéder, nous les avons livrées nous-mêmes. L'idée qu'ils puissent s'en servir alors qu'ils n'ont pas respecté le deal m'est insupportable. Je n'ai malheureusement pas les moyens de détruire ces stocks dans les jours à venir.

Maestro s'arrête un instant et reprend lentement, comme un professeur qui expliquerait un théorème compliqué à ses élèves.

— Alors ce que tu vas faire, Hadrien, continue Maestro en détachant les syllabes, c'est que tu vas appeler la brigade, celle-là même qui t'a contacté. Tu leur donneras les coordonnées GPS des sites où sont cachées les armes afin qu'ils puissent les neutraliser avant qu'elles ne soient utilisées. Et il faudra que leurs homologues en Allemagne et en Belgique se dépêchent d'en faire autant. C'est clair, non ? Mange un morceau pendant que je te prépare le document, et tu pourras filer. J'allais l'oublier. Tiens, voilà ton portable. Un numéro n'a pas arrêté de sonner. Ta copine, sans doute. J'ai envoyé un SMS à ce numéro avant de désactiver le téléphone pour dire que tu allais bien. J'ai ajouté que tu étais retenu contre ta volonté et que tu serais bientôt libéré. Vas-y! Transmets les coordonnées GPS avant d'appeler ta copine et tes parents. C'est urgent. Et tu peux leur dire que le sort de centaines d'innocents, selon ta formule, ne dépend que d'eux, maintenant. Ce n'est pas la peine que les copains policiers viennent me cueillir ici. Je quitte les lieux. Ils n'ont pas de temps à perdre. Adieu, Hadrien.

37

Fin de partie

Au troisième rappel de l'alarme de son téléphone, Hadrien se lève, au radar. Il avance en pilotage automatique jusqu'à la cuisine. Il met en route la cafetière et allume le poste.

« Hier soir, peu avant minuit, des explosions ont retenti de façon quasi simultanée dans des entrepôts désaffectés, à Clichy, dans la banlieue de Bruxelles et à proximité de Francfort. À Clichy, les vitres des immeubles du voisinage ont été soufflées. On déplore d'importants dégâts matériels. Un dépôt de bus a été entièrement détruit, et le conservatoire de musique, endommagé. La déflagration a réveillé tout le quartier. On ne compte fort heureusement aucun blessé. L'endroit était désert. Ces entrepôts cachaient un véritable arsenal de guerre. Ces explosions simultanées sur trois sites différents rendent l'hypothèse d'un accident peu probable. Les pompiers luttent toujours sur place, car les incendies ne sont pas encore tout à fait maîtrisés. Les enquêteurs ne sont pas encore à pied d'œuvre, car les bâtiments peuvent s'effondrer d'un moment à l'autre. Ces trois sinistres sont à l'évidence liés. Nous n'en savons pas plus pour le moment. Dans le reste de l'actualité... »

Comme un automate, Hadrien avale sa première tasse de café brûlant sans réagir aux propos du journaliste. La connexion est chez lui toujours très lente le matin, et contraste avec la réactivité dont il fait preuve pendant ses gardes quand il saute du lit, alerte et lucide à la première sonnerie du téléphone.

Les nouvelles du matin se fraient petit à petit leur chemin à travers son cerveau embué pour arriver jusqu'au cortex. Il ne se réveille complètement que lorsque le journaliste revient en boucle sur les événements de la nuit. Il en saisit alors toute la signification et bondit sur ses pieds.

« S'agit-il d'un accident ? On ne peut pas le dire pour l'instant. Les enquêteurs ne sont pas encore à pied d'œuvre, car les bâtiments peuvent s'effondrer à tout moment. Ces trois sinistres sont à l'évidence liés les uns aux autres. Nous n'en savons pas plus pour le moment.

Dans le reste de l'actualité, un important trafic de drogue à partir de l'Afrique occidentale a été démantelé avec arrestations… »

Hadrien n'écoute plus. Il a éteint le poste et saute de joie en poussant des cris d'Apache au risque de réveiller l'immeuble.

Bouleversé par ce qu'il vient d'entendre, il manque de justesse de s'ébouillanter en renversant de sa main tremblante une deuxième tasse de café.

Toutes les armes sont détruites. Un beau feu d'artifice et tout est parti en fumée. Finies les menaces d'attentats, et grâce à qui, grâce à moi, Hadrien, chef de clinique de cardiologie. Je suis le maillon fort de la chaîne. On a ga-gné ! Hadrien exulte.

Je devais bien ça à la mémoire d'Alexandre et de Faustine ! Alexandre m'aurait dit : « Chapeau bas,

le mioche » et Faustine aurait envoyé à la ronde un siffle-
ment admiratif. Et, honnêtement, je l'aurais accepté !

Une semaine plus tard, le mardi 11 avril, on allume
quinze bougies sur l'éclair géant. Trop heureuse d'être en
vie pour fêter l'anniversaire de la plus jeune de ses quatre
filles, Claire n'hésite pas une seconde. Elle fait honneur
au dessert et se sert une deuxième portion d'éclair encore
plus grosse que la première.

Régime ? Qui ose parler de régime ? Elle se sent si
heureuse de passer ce moment festif avec son petit monde.

38

Deux ans plus tard

Claire revoit ses patients tous les six mois à un an quand tout va bien.

Les trois otages avaient été libérés très vite, le soir même de l'évasion de Maestro.

Leurs pizzas à peine entamées, les patients avaient fêté à l'hôpital l'heureux dénouement au champagne : deux bouteilles que Claire n'avait pas encore eu le temps de rapporter chez elle.

Après une demi-heure d'immersion dans le congélateur réservé en temps normal aux prélèvements sanguins, le champagne était parfait. Ils avaient trinqué dans des gobelets en plastique, à la santé de tous.

Chacun avait regagné son domicile. Les adieux avaient rappelé à Claire les retours de colo de ses filles… Larmes, embrassades et accolades à n'en plus finir, échanges de numéros de téléphone, adresses mail, entre ceux et celles qui avaient tout partagé pendant quelques semaines.

Madame « Ma femme est un soleil » n'avait pas été très raisonnable, et les gobelets de champagne pris à jeun, car les pizzas avaient refroidi, l'avaient rendue si gaie que les Sportifs avaient jugé plus prudent de la raccompagner en taxi.

Claire avait été peinée d'apprendre quelques mois plus tard la disparition de l'Assisté par un faire-part : « Esther M., sa sœur, ses trois fils, ses belles-filles et ses petits-enfants ont l'immense douleur... » Il avait épuisé trois femmes mais n'était pas venu à bout de sa sœur.

« L'assistante » était donc la sœur de l'Assisté. Dans un petit mot accompagnant le faire-part de décès signé Esther M., elle remerciait Claire brièvement pour tous ses bons soins. Ce courrier lui avait laissé un arrière-goût amer. Claire aurait aimé qu'elle évoque les petites chamailleries qu'elle avait pu avoir avec son frère ou cette mémorable journée de détention, ou bien qu'elle s'épanche un peu sur son chagrin, sur le vide laissé par le départ de ce frère auquel elle semblait avoir consacré beaucoup de temps et de patience. Mais non, rien. Était-elle triste, effondrée, résignée ou bien soulagée pour ce frère dont les derniers mois de vie avaient été très pénibles ? Et pourquoi s'être consacrée à ce frère ? Entretenait-il sa sœur en échange de sa mise en esclavage ? Avait-elle eu un jour une vie à elle ? Autant de questions auxquelles Claire n'aurait jamais de réponse. La mort de ses patients ne livre pas souvent leurs secrets.

Les sœurs espagnoles égaient plus que jamais la consultation. Claire les trouve fatigantes, pour ne pas dire exaspérantes. Leur dernière trouvaille : une bombe anti-agression cachée dans le sac de l'aînée. Elles ne se déplacent plus jamais sans et la renouvellent dès que la date de péremption approche. Elles en ont appris le mode d'emploi par cœur, mais n'ont encore jamais eu l'occasion de s'en servir. Elles ont inscrit sur un petit calepin le nom de tous les acteurs de la prise d'otages dont elles prennent des nouvelles à chaque consultation. Claire ne leur a pas signalé le décès de l'Assisté et reste donc évasive quand elles arrivent à lui.

Avoir touché la mort de près comme elles le prétendent à qui veut bien l'entendre leur a donné plus que jamais la joie de vivre.

Grâce à une technique éprouvée de rêves lucides, l'Étincelle retrouve Annette tous les soirs. Comment s'y prend-il ? Il n'a pas été très clair. Il semble y être parvenu grâce à la méditation et aux revues de neurosciences qu'il dévore. Claire n'y a pas compris grand-chose. Il ne serait plus ballotté au gré du rêve, d'image en image, puisqu'il en fixe et en tient le cap : Annette. N'ayant jamais expérimenté de rêves lucides, quand elle dort, Claire ne fait que reproduire les propos confus de son patient. Cartésienne, elle ne croit pas aux sciences occultes, tout en respectant les croyances de chacun quand celles-ci ne sont pas nocives pour autrui.

Claire et lui créent toujours un « interlude Annette » dont la durée dépend uniquement de l'importance du retard accumulé par Claire quand elle le fait entrer dans le box.

Il s'est présenté la semaine dernière, et ce fut une grande première, avec sa légitime que Claire n'avait jamais eu l'occasion de rencontrer. Elle s'en est sentie remuée.

Elle est grande et massive. Il file doux. On aurait dit une mère traînant son chenapan de fils chez le proviseur. La comparaison amuse Claire.

— Ça ne va pas du tout, Docteur. J'ai besoin de votre aide. Je ne sais plus quoi faire. Mon mari se laisse complètement aller. Plus rien ne l'intéresse. Il ne sort plus de la maison et ne répond même plus aux appels des enfants, et quant à la musique qui le passionnait tant, je préfère passer sur le sujet... Rendez-vous compte ! Et le plus grave, c'est qu'il se met au lit sitôt sorti de table.

— Je vais faire vérifier la thyroïde, lui répond Claire sans grande conviction. Une insuffisance hormonale peut provoquer un ralentissement généralisé. Je ne voudrais pas passer à côté d'une cause organique facile à traiter. Mais pour être franche, je n'y crois pas vraiment.

— Moi non plus, Docteur.

Se tournant vers son mari :

— Pourquoi refuses-tu de consulter un psychiatre ? Docteur, si vous aviez quelqu'un de fiable à nous conseiller peut-être mon mari changerait-il d'avis.

Claire leur donne un nom.

— Il est important, Madame, que le patient vienne seul aux consultations de psychiatrie afin de pouvoir parler plus librement.

— Je comprends.

L'épouse acquiesce, avec le désir sincère d'apporter de l'aide à son mari.

Claire ne peut pas prendre congé sans quelques mots d'encouragement.

C'est toujours à la fin de la consultation, quand ils abordent le chapitre Annette, qu'il retrouve sourire et vivacité. Ce n'est pas possible aujourd'hui.

Se souvenant que l'épouse seconde un couple d'amis dans leur librairie, elle lui demande alors conseil pour ses prochaines lectures.

L'Étincelle profite de ce temps de répit pour s'éloigner de son épouse et de sa cardiologue, et Claire voit l'ébauche d'un sourire se former. Elle sait qu'il est parti ailleurs, bien loin.

* * *

Le couple Comme-chien-et-chat souffle. Les jumeaux sont en pension. Plus de cris, plus de punitions et plus de portes claquées. Ils en avaient besoin.

Madame a retrouvé le sourire, et ses symptômes se sont évanouis.

« Ton mari est un héros. » Cette phrase l'a figée de surprise la première fois qu'elle l'a entendue. On la lui a répétée. Elle l'a intégrée et a fini par le penser, mieux encore, elle en est fière.

Elle a gardé contact avec ma tante et a intégré, à son instigation, une association de bénévoles. Cette association a mis sur pied à Rambouillet un programme d'alphabétisation pour immigrées. Elles s'y retrouvent le mercredi après-midi. Ma tante vient la cueillir à la gare et la raccompagne en fin de journée après un passage obligatoire au salon de thé. Madame Comme-chien-et-chat est devenue l'un des membres les plus engagés de cette association.

Mon oncle est ravi de cette amitié. Il faut bien dire que toutes les associations caritatives de sa compagne l'assomment. Elle préfère sculpter, tranquille, dans son atelier qui donne de plain-pied sur le jardin. Elle peut y fumer ses cigarillos et y boire un whisky sec, si ça lui chante. Elle souhaite autonomiser sa compagne, car elle a bien mesuré que la vie pouvait basculer sans prévenir, du jour au lendemain.

Monsieur Comme-chien-et-chat est plus assuré dans ses faits et gestes qu'il ne l'a jamais été : un pas vif quand il pénètre dans le box de consultation, une poignée de main tonique. Il n'a plus cet air inquiet et ne jette plus de regards en biais sur son épouse. Il n'a plus rien à se prouver à lui-même. En se portant volontaire dans cette histoire qui aurait pu mal tourner, il a fait ses preuves. Aurait-il regagné le cœur de son épouse ? Claire en est persuadée.

Il s'est mis à la gravure. Fou d'aéronautique, il collectionne depuis toujours les timbres gravés à l'effigie des aviateurs de légende. À la recherche d'un timbre représentant Guynemer, il feuilletait une revue spécialisée de philatélie dans la salle d'attente de l'hôpital quand une patiente assise en face de lui l'a interpellé. Cette vieille dame timide est une artiste spécialisée dans la gravure. C'est elle qui avait sorti le timbre célèbre représentant Guynemer et son emblématique avion jaune en arrière-fond. Ils ont fait connaissance et ont sympathisé. Ils étaient en pleine discussion quand Claire était venue le chercher.

Elle va l'initier à l'art de la gravure. Il doit faire ses premières armes dans l'atelier de cette artiste encore très active pour son âge.

Madame « Ma femme est un soleil » brille comme un astre qui, on l'espère, ne s'éteindra que le plus tard possible. Ils sont tous les deux en très grande forme, elle et son Léon. Elle a proposé à son mari d'inviter le Rebelle à dîner, dans leur petit appartement du quartier de Convention. Et c'est toute une aventure, car ils ne reçoivent jamais personne. Ils se sont chamaillés sur le menu. Claire n'a pas voulu intervenir ni prendre parti.

Un autre projet de taille, et quel projet ! Le commissaire divisionnaire, directeur de l'école nationale de police de Saint-Malo vient de contacter Léon pour lui demander de mettre son expérience à leur service. Il interviendrait dans le recrutement des futurs agents du renseignement. Sa mission serait de partager le quotidien de chaque promotion d'élèves pendant quelques semaines afin de détecter des profils auxquels serait proposé le master 2 de sécurité intérieure. Léon et son épouse logeraient sur place dans un coquet appartement de fonction pendant tout le mois de juin, qui correspond à la fin du parcours de formation professionnelle de ces futurs policiers. Léon a accepté avec reconnaissance.

Sans nouvelles des Sportifs, Claire ne se fait aucun souci pour eux. Ils avaient prévenu qu'ils partaient en croisière lointaine. Elle est un peu surprise de voir débouler la patiente sportive un beau matin, bronzée, en pleine forme apparente et plus battante que jamais.

— Bonjour, Madame, que devenez-vous ?

— Bonjour, Docteur. Alors voilà, je vais fêter mes 75 ans le mois prochain et j'aimerais bien que vous me fassiez un check-up complet avec analyse de sang, épreuve d'effort et échographie cardiaque.

— Une minute, Madame, pouvez-vous d'abord m'expliquer ce qu'il se passe ?

— Tout va très bien, Docteur, je vous assure. Ne vous inquiétez pas pour moi. Il me faut juste ce check-up.

— Je ne comprends pas. Si tout va bien, comme vous dites, pourquoi me réclamez-vous ces examens ?

— Parce qu'il me les faut.

— Voyons, Madame, ce n'est pas une réponse. Si vous me dites que vous voulez emprunter à une banque et que l'assurance vous demande ce bilan, OK. Ou bien si vous voulez courir le marathon de Paris et qu'on vous demande un certificat médical, OK. Je plaisante, bien sûr.

Elle ne croyait pas si bien dire.

— Docteur, c'est presque ça, mais je n'ai pas le droit d'aller plus loin.

De plus en plus intriguée, Claire lui extorque des explications, que la patiente sort au compte-gouttes. Le fin mot de l'histoire, c'est qu'après avoir goûté à l'aventure pendant la prise d'otages la patiente munie du rapport élogieux de son ancien stage au GIGN a contacté le Rebelle pour se faire engager dans les services secrets. Qui irait soupçonner une grand-mère septuagénaire ? N'y croyant pas vraiment, elle a été la première surprise à voir sa requête aboutir. Elle avait passé avec succès tous les tests psychologiques. Il ne lui restait plus que l'examen médical.

— Qu'en dit votre mari ?

— Voyons, Docteur, je ne dois en parler à personne et surtout pas à mon mari ni aux enfants. Vous voyez, j'ai suffisamment d'occupations extérieures pour que mes futures activités puissent passer inaperçues. Pour vous, c'est différent. J'ai vite compris que vous ne m'auriez jamais prescrit ce bilan complet sans raison valable et donc sans explication de ma part. Et puis, je sais que vous êtes tenue au secret médical. Comprenez-moi, je me suis consacrée à mon mari, à mes enfants, à mes petites-filles et à mes classes de lycéens. J'ai besoin de prendre l'air et j'aspire à l'aventure. C'est maintenant ou jamais.

Quand Claire raconte au radiologue qu'elle écrit un roman racontant leur aventure passée, il lui propose de faire de son récit un scénario. Il en a rédigé plusieurs ébauches qu'il n'a pas encore souhaité lui soumettre. Elle ne sait pas trop quoi penser de son idée. Son hésitation vient du fait qu'elle ne verrait pas d'autres interprètes possibles que ses patients jouant leur propre rôle. Délicat. Pour les personnages fictifs, tout serait plus facile. Elle sait qu'elle n'aurait que l'embarras du choix parmi toute la panoplie d'acteurs connus ayant interprété des rôles de parrains pour trouver un Maestro crédible.

L'autosatisfaction de l'Orphelin et la complaisance qu'il affiche vis-à-vis de sa maladie sont de plus en plus difficiles à supporter. Ils n'ont jamais reparlé de la journée mémorable, car sa pathologie est, pour lui, comme pour sa femme, le seul sujet digne d'intérêt. Claire se montre de plus en plus expéditive et cassante. Ils semblent néanmoins satisfaits, jusqu'au jour où elle apprend qu'ils ont décidé de se faire suivre à l'Hôpital américain. Elle devrait être soulagée d'être débarrassée de ce couple détestable. Curieusement, elle se sent vexée et trahie. Elle laisse la patiente bafouiller ses explications gênées sans lui tendre la moindre perche. Avant de la quitter, l'Orphelin lui présente un courrier qu'il souhaite faire signer par les ex-otages. Ce courrier réclame à l'Assistance publique une compensation financière pour les préjudices subis pendant la séquestration. Il lui explique avoir fait la même démarche auprès du ministère de l'Intérieur et espère obtenir gain de cause. Claire l'envoie bouler sans états d'âme.

Le chef de famille et sa femme ont vieilli. Ils ne se déplacent plus jamais seuls.
Le Patriarche se détache du monde réel. Sa femme ne s'en porte pas plus mal. C'est elle qui prend maintenant des initiatives inconcevables six mois encore auparavant, comme avec une extrême gentillesse, celle de demander seulement les « vrais » médicaments. Claire obtempère sans se faire prier. Ils ont déjà beaucoup de mal à s'y retrouver. Et quand le pharmacien leur remet des génériques d'appellations souvent compliquées et jamais deux fois similaires, ils sont alors perdus.

Claire garde en mémoire la métamorphose d'épouses qui après le décès de leur conjoint changent du tout au tout. Les ayant intégrées soumises et passives, veuves, elle les retrouve battantes, et parfois même, émancipées.

39

Une sortie réussie

« Fils, je ne serai plus de ce monde quand tu recevras cette lettre.

Peut-être serai-je en train de rôtir en enfer, mais je n'y crois pas trop, et ça ne me fait pas peur. Le plus probable : que je sois retourné dans le néant d'où nous venons tous.

Tu te souviens forcément de notre première rencontre à la Santé. Je m'étais dit à la fin de la consultation que j'aurais aimé avoir un fils comme toi. Tu ressemblais tellement à mon ami Pavarotti quand il était jeune que tu m'avais tapé dans l'œil, même si tu ne savais pas chanter et que tu étais en train de me trahir. Parce que c'est ce que tu as fait. Reconnais-le ! D'ailleurs, j'aurais dû m'en douter dès le départ. Tu semblais tellement mal à l'aise ! Je croyais que tu avais peur de moi. Mais ce n'était pas ça. Et quand j'ai réalisé ce que tu m'avais fait, je ne t'en ai pas voulu une seconde. J'ai senti qu'il y avait toi et quelque chose d'autre. Quelque chose qui te dépassait.

Les armes ont été détruites à temps et je t'en remercie. J'ai suivi l'affaire de très près. Je n'ai plus jamais traité avec ces porcs. J'ai réglé quelques petites affaires en cours pour ensuite me retirer en Italie. J'en arrive, mon cher Hadrien, au plus important.

Au fin fond des Pouilles, j'ai fait il y a un peu moins d'un an un infarctus du myocarde. Tu connais. Je n'ai pas besoin de t'expliquer ce que c'est. Et les Pouilles, eh bien, ce n'est pas Paris. L'hôpital le plus proche n'était pas équipé du matériel pour déboucher le vaisseau. Un peu plus loin, il n'y avait pas de médecin d'astreinte, tu imagines très bien le tableau ! Et comme tu peux t'en douter, mon cœur a salement trinqué. Je me traîne depuis comme un petit vieux. Tu ne me reconnaîtrais pas ! Je suis essoufflé en permanence. Les médicaments n'y font rien. Je ne peux dormir qu'en position assise, sinon j'étouffe. On m'a hospitalisé à plusieurs reprises parce que j'avais de l'eau dans les poumons et dans les jambes au point de devenir un véritable bibendum. Ils appellent ça de l'insuffisance cardiaque, et je suis même arrivé au stade IV, tu te rends compte ! Ils ont beau augmenter les doses de médicaments, rien n'y fait. À peine sorti de l'hôpital que ça recommence. Je suis allé consulter les plus grands pontes à Milan. Ils m'ont dit que, si j'avais été plus jeune, on m'aurait greffé un nouveau cœur. Mais je suis trop vieux. Je devrais respecter un régime sans sel strict, mais je n'y arrive pas. J'y tiens trop à mon pecorino. Je suis tombé très bas, mon cher Hadrien. Je te dis ma vérité et ce n'est pas si facile.

Après avoir bien réfléchi, j'ai décidé de mettre fin à cette vie de misère. Sans regret. Crois-moi. J'ai légué tous mes biens à la municipalité de Bari, la ville principale des Pouilles, pour y faire construire une clinique cardiologique avec tous les équipements les plus modernes. Dans les Pouilles, ils en ont bien besoin, bien plus qu'à Modène, la ville de mon enfance, riche désormais et bien équipée. Mais j'y ai mis une clause : que tu puisses venir t'y installer, si tu le souhaites, comme médecin-chef avec un salaire que tu ne pourras négocier nulle part ailleurs et certainement pas dans votre misérable Assistance publique. Tout est provisionné. La mairie est au courant et a comme consigne de te loger royalement si tu choisis de t'installer là-bas. Tu as tout ton temps pour réfléchir. Les travaux qui ont débuté voici quelques semaines ne devraient se terminer que dans dix-huit mois à deux ans.

Pour finir, je t'ai glissé deux places au premier rang d'orchestre pour un *Rigoletto* qu'ils ont repris cette année, en fin de saison, à l'opéra Bastille. J'espère que tu apprécieras. Un conseil, lis attentivement le livret, tu n'en apprécieras que davantage ce magnifique opéra. Pense à moi quand le duc de Mantoue se lancera dans sa *Donna è mobile*. C'est un excellentissime ténor péruvien, Juan Diego Flórez, qui en interprète le rôle.

Bon vent, fils.

Maestro »

À la lecture de ce courrier posthume, Hadrien se sent troublé. Il s'en veut. Ce Maestro était un individu de la pire engeance qui fût, ne méritant aucune pitié. Il a beau se le dire, cette lettre l'émeut.

— Chérie, les Pouilles, tu connais ? lance-t-il à sa compagne qui vient de pousser la porte d'entrée, une baguette croustillante à la main...

Table des matières

Je remercie Rose au coup d'œil acéré,
pour sa relecture et ses conseils.

Composition et maquette : Soft Office

Achevé d'imprimer en juin 2023
sur les presses de la Nouvelle Imprimerie Laballery
58500 Clamecy
Dépôt légal : juin 2023
Numéro d'impression : 305550

Imprimé en France

La Nouvelle Imprimerie Laballery est titulaire de la marque Imprim'Vert®